청어詩人選 152

山岷雨 정진권 시집

인생

청어

인생

정진권 지음

발 행 처 · 도서출판 청어
발 행 인 · 이영철
영   업 · 이동호
홍   보 · 이수빈
기   획 · 천성래
편   집 · 방세화
디 자 인 · 김희주
제작부장 · 공병한
인   쇄 · 두리터

등   록 · 1999년 5월 3일
(제321-3210000251001999000063호)

1판 1쇄 인쇄 · 2018년 2월 1일
1판 1쇄 발행 · 2018년 2월 10일

주소 · 서울특별시 서초구 효령로55길 45-8
대표전화 · 02-586-0477
팩시밀리 · 02-586-0478

홈페이지 · www.chungeobook.com
E-mail · ppi20@hanmail.net
ISBN · 979-11-5860-539-1 (03810)

이 도서의 국립중앙도서관 출판시도서목록(CIP)은 서지정보유통지원시스템 홈페이지
(http://seoji.nl.go.kr)와 국가자료공동목록시스템(http://www.nl.go.kr/kolisnet)
에서 이용하실 수 있습니다.(CIP제어번호: CIP2017015020)

인생

시인의 말

이번의 시집 『인생(人生)』이 내게 있어서는 세 번째 시집이다.

이십여 년 전인가 충남 장항에서 여행 중 보았던 장면 하나가
세월 흘러도 영화의 한 장면처럼 뇌리에 깊숙이 남아 있다.
철지난 바닷가, 낙조가 드리워진 초저녁이었다.
해물탕을 파는 남루한 가게에서 초로(初露)의 아주머니 두 분이
카세트테이프를 틀어놓고 장사는 아랑곳없이 블루스 곡에 맞춰
흥겹게 춤을 추던 모습을 본 것이다.
얼굴은 이미 낮술로 벌겋게 상기 되었고,
파아란 페인트가 지워진 유리창 너머로
그들의 춤사위를 한참동안 숨죽이며 훔쳐보다가
나도 모르게 눈물이 주르륵 흘러내린 것이다.
문득, 빠삐용의 마지막 장면이 오버랩 되었다.
스티브 맥퀸(빠삐용 역)과 더스틴 호프만(드가 역)의 마지막 장면에서
마치 내가 드가가 된 것처럼 그들을 바라 본 것이다.
끝까지 자유에의 꿈을 버리지 않는 빠삐용은 수십 미터의 벼랑으로

부터 야자열매를 채운 자루와 함께 바다 속으로 뛰어든다.
'너는, 네 인생을 낭비한 죄로 기소됐다'라는 둔탁한 울림을 주고,
출렁이는 파도로 뛰어든 빠삐용을 떠나 보내고, 일상으로 돌아가는
드가의 고개를 갸우뚱하는 마지막 장면을 잊을 수가 없다.

떠도는 자유로운 영혼처럼, 우리는 무엇을 위해 살아가는가.
꽃잎 흐드러지게 핀 봄밤을 걸어 보았는가.
뜨거운 볕이 내린 후,
한여름 밤 별을 보며 누구를 그리워 해보았는가.
마른 잎 버석거리는 가을 숲을 사유(思惟)해 걸어보았는가
눈 내리는 어느 날, 수정 같은 얼음 끝에 매달린 햇살 한 조각에
그대의 마음을 포개 보았는가.
"이 건조한 세상(世上)에 누굴 위해 뜨거웠던가"라고 묻고 싶다.
여전히 부끄러운 영혼의 흔적으로 남는 나의 시(詩)가
같은 하늘 아래 살아가는 단 한 사람이라도 함께 나눌 수 있다면……

산민우 정진권

차례

시인의 말 · 4

1 각시붓꽃

섬진강의 봄 · 10 | 봄 · 11 | 유채꽃에게 · 12
김정은 · 13 | 봄의 즐거움 · 14 | 섬진강 매화꽃 · 15
호야 · 16 | 소이나루 작은 연주회 · 17 | 살아간다는 것 · 18
빈대코와 매부리코 · 20 | 목련의 아픔 · 21 | 섬진강 · 23
서열파괴 · 24 | 말(馬)과 말(言)의 차이 · 27 | 낙지 · 28
참당암 종무소에서 · 29 | 질경이 · 30 | 방울토마토 · 31
소소리 · 32 | 백구의 죽음 · 34 | 4월의 눈물 · 35
5월이라는 것 · 36 | 약수터에서 · 37 |
각시붓꽃 · 38 | 행복 · 39

2 인생

쯔쯔가무시 · 42 | 여름에 지는 꽃 · 45 | 바둑 두는 날 · 47
나무 · 49 | 연못 · 51 | 폴 1 · 53
폴 2 · 55 | 여름 그림자 · 58 | 겨울강가에서 · 59
칡꽃향이 나는 숲에서 · 62 | 모정(母情) · 64 | 바닷가에서 · 65
사대강 뻘게 · 66 | 있다면 · 67
찔레꽃 · 68 | 수국 · 69 | 나무 사이로 보이는 하늘 · 70
상사화 · 71 | 눈물의 색소폰 · 72 | 우리 꽃 · 74
청나비떼 · 75 | 어룡계곡 찾아가는 길 · 78 | 서편제 · 81
인생(人生) · 84 | 부안(扶安) 필부(匹夫)의 명언(名言) · 86

3 깨 터는 노인

두 개의 태양 · 88 | 정원스님 · 90 | 고독 · 93 | 성형천국 · 96
자살률 1위 · 97 | 사직서 · 98 | 영상 · 99 | 산사의 가을 · 100
선운사의 겨울 · 103 | 군산역(群山驛)에서 · 105 | 친구 · 106 | 가을 · 107
그날이 오면 · 108 | 깨 터는 노인 · 109 | 유언 · 111 | 나무 · 112
불면증 · 113 | 개도둑에게 장미꽃을 · 114
기억속의 재상이를 보내며 · 118 | 숲속의 시 · 122 | 이모네 집 식당 · 124
눈 오는 밤 · 126 | 선운사 동백에게 · 129 | 김재규 묘지에서 · 132
설날이라는 이유로 · 133

4 눈 내리는 밤

눈 내리는 밤 · 136 | 첫눈 · 137 | 무명초 · 138 | 관계 · 139
파도에게 보낸다 · 140 | 갓공련 · 142 | 방향이라는 것 · 143
산다는 것 · 144 | 난(蘭) · 145 | 애기똥풀 · 146 | 시골 점빵 · 147
달맞이꽃 · 148 | 한가위 · 149 | 순이의 추억 1 · 150 | 순이 2 · 152
순이 시집가던 날 3 · 154 | 순이 4 · 155 | 순이의 재혼 5 · 157
밤비 내리는 창가에 서서 · 159 | 울 어매 · 160 | 초보운전 · 165
죽음에 이르는 우리의 표현(表現) · 166 | 채권석 · 169
인연(채자하) · 170 | 밤눈 · 172

5 무주아리랑, 무주교향곡, 사랑의 노래 출품작

무주아리랑 · 174 | 무주교향곡 · 177 | 설레임 · 180
타버린 사랑 · 182 | 지나간 아픔 저편 · 184 | 떠나간 자리 · 186

6 어릴 적

머리말 · 191 | 어릴 적 · 193

1

각시붓꽃

꽃봉오리에 아침 이슬은
이별의 눈물이었나
함초롬 자줏빛 꽃 무지개가
별처럼 총총 피고 있다

섬진강의 봄

푸르디 푸르게 젖어 흐르는
앞강
뒷강
샛강으로
바람이 출렁거릴 때,
서러워 울지 않는 놈들은 하나도 없다

하얗게
빨갛게
흐드러져 피어 난
살구꽃
복사꽃
매화꽃
바람에 날릴 때,
헤벌쭉 웃지 않는 년들은 하나도 없다

봄

매꼬롬한 피부 빛의
생강나무가
노랗게 웃는다

울퉁불퉁 거친 피부의
산수유가
매운바람에 흔들린다

겨우내 잠자던
뿌리와 가지들이
깊은 숨을 몰아쉬며
온몸으로 봄을 긷는다

나에게 봄은 몇 차례 더
올 것인가
싱싱한 세월은 다 어디로
갔는가

산비둘기 여러 마리가
잿빛향기를 날리며
푸드드득 날아간다

숲속에 서서
한참동안 골똘하지만,

세월은 흐르고
나는 취한다

유채꽃에게

예쁜 꽃아
웃어보렴

노란 꽃아
웃어보렴

바람아 불어보렴
왈츠로 나를
잡아주렴

그렇게
유쾌하게
흔들어

이 세상
모든 상처 입은
영혼에게
노랗게 푸르게
색칠해 주렴

재잘재잘
소곤소곤
별의 자장가처럼

김정은

북한이 동해바다에
미사일을 또 쐈다
미국에 경고
일본엔 과시
한국은 무시

동해바다 새우
깜놀 튀어 올랐다

봄의 즐거움

꽃의 눈물을 보았나요
봄이여
가는 곳마다 신선이 되고
서는 곳마다 진리의 땅이 되라

벌거숭이 인생
외로움의 끝은 어디란 말인가
소곡주(小麯酒)*에 봄의 즐거움을 가득 담아
발칙한 세상 마셔버리라

꽃잎 분분히 날리는 오후
가늘게 눈뜨다 잠이 들리라
바람이 이불로
덮을 때까지

봄비 살짝
적셔 좋으리
꽃의 눈물로

* 소곡주(小麯酒): 누룩을 적게 사용하여 빚은 술.
                  또는 '소국주(小麴酒)'라 함.

섬진강 매화꽃

굽이굽이 섬진강가
에움길을 걷고 싶어

밤새 푸른 별을
따라가고 싶어

그리워 사무치는
별무리처럼

처연히 떨어지는
별똥별처럼

꽃잎 분분히 날리는
푸른 밤 매화꽃 핀다

호야

호야가 폈다
자고 일어나 보니
소담스럽게
눈 비비고 웃고 있다
호야가 피면
좋은 일 생긴다 했던가

어젯밤 꿈길에서
백마를 타고 달렸지
무지개 핀 하늘가
구름 너머로
연분홍 치마 입은
울 어매를 만났지

분홍빛 수줍음은
새악시 볼처럼
고개 숙인 미소는
풀잎 같은 소녀처럼
언제나 소롯이
미소 지었지

소이나루 작은 연주회

새벽부터 들려오는 낭보가
무주의 여명에 무지갯빛
드리운다
소이나루 그 곳
벌써 음악 흐르고
사랑 물씬 넘쳐
무주의 밤하늘 반딧불이
춤추고
오색 꽃가루 향그럽구나
될 성 부른 나무
떡잎부터 알아본다더니
오늘의 기별
무주에
신명나는 자유세상 만들어
가리라

멋지도다
김 응수
김 대성
김 건우여
중년 사내들의 우정과 눈물로
무주를 넘어 온 세상 불
밝히는 구나
그랭이 그랭이 소이나루
울려 퍼지고
베이고 밟혀 쓰러져도
들풀 되고 야생화 피어
진정 이 땅의 주인 되어
이 땅의 오랜 꿈 이루리라

살아간다는 것

살아간다는 것은 상처를 주고받는
헛되고 헛된 것이다
상처가 나면 떼지 마라
그저 바람 부는 데로 놔둬라
시간이 가면 새살이 돋는다

헐뜯는 사람과도 맞서지 마라
그의 그릇이 그 정도려니
생각하며 마음을 내려놔라
믿었던 사람이 상처를 준다

찢어지게 가난해도
사랑을 듬뿍 받고 자란 아이는
커서도 사랑을 안다
부잣집 아이라도 사랑받지 못하고
자라난 아이는 정(情)이라는 것을 모른다
어른이 되어도 시기 질투심으로
마음이 구부러져 있다

누구에게 뭘 줬다고 공치사도 하지마라
뭘 줘서 대가를 바라서는 절대 안 된다
활의 시위를 떠난 화살은
거둬드릴 생각을 해서는 안 된다

살아간다는 것은
너무 좋은 것도 없고
너무 나쁜 것도 없다
내 마음이 행복하면 행복한 거고
내 마음이 불행하면 불행한 것이다

자식도 아내도 친구도
모두 내 뜻대로 가두어 놓고
웃을 수가 없는 것이다
마치 골프공이나, 럭비공처럼
튀어나가기 때문이다

살아간다는 것은
선(善)과 악(惡), 좌(左)와 우(右),
사방팔방(四方八方) 적당히 통제(統制)하며
바른 것만 생각하며 살아가야
하는 것이다

달빛과 별빛을 바라보는 것이
그 이유인 것이다
꽃과 나무를 바라보는 것이
그 이유인 것이다

빈대코와 매부리코

납작코를 가진
빈대코 사내가 매부리코를
부러워했다
피자처럼 퍼진
자신의 코가 싫어서였다

매부리코 사내는 거꾸로
평평한 빈대코 친구를
부러워했다
남자답게 매처럼 휘어진
자신의 코가 싫어서였다

명경(明鏡)에 비친
빈대코와 매부리코의
옆모습이 조화롭다
나란히 마주앉아
서로의 코를 보고 있다

목련의 아픔

해마다 봄이 되면
찾아가는 숲속이 있다
나만이 아는
비밀스러운 곳이다
하얀 목련이
무더기로 핀
그곳에 설렘과
반가움으로
길을 나선다
수백 년 느티나무처럼
아름드리에 매달린
그것은 꽃이 아니다
은빛 물결이다
달빛 물결이다
한밤중에도 별꽃으로 피어나는 목련이다
달빛에 젖은 별꽃송이마다
하얗게 불이 켜지면
등에 업은 달은 목련처럼 웃었다
은하수 같은 하얀 미소로 부서지기도 했었다

산모퉁이를 돌아
그 곳에 갔다
나는 소스라치게 놀랐다
수백 년 된 목련나무는
밑동이 잘려져 나가있었다
해가 뜨고
달이 져도
돌아오지 않는
죽음만이 남아 있었다
다시는 이곳에 올 이유가 없었다
인간이 베어 버린
처절한 전기톱만 남아있었다
하얀 목련이 베어진
그곳에는 기도원이라는
십자가만 서 있었다
난 한참동안 서 있었다

미동도 하지 않는 적막한 오후,
상처 입은 밑둥지에는
개미들만 모여앉아
상흔(傷痕)의 아픔을 노래하고 있다

섬진강

아홉시 뉴스에서 봄의 섬진강을 보여주며
기자가 여행객에게 질문을 한다
—섬진강 어때요?
중년 남자 옆의 아내는
팔을 꼭 껴안고 남자의 얼굴을 본다
—너무 좋습니다
—마음이 편안해집니다
—부드러운 여인의 손길입니다
—저녁엔 눈 내리는 매화 보며 재첩국을 먹을 겁니다
매화 한 잎 하르르 날아간다

서열파괴

서울대 연고대
일류대 이류대
그 서열에 주눅이 들었다
초중고 대학까지 쉼 없이 달려왔다
서울이네 지방이네 따져가며
위축되어 살아왔다
기(氣) 펴고 취직하기 어려웠다
서울에는 25개구 423동이 있다
강남 3구 기세등등했다
그 동네 기득권 부자들 많이 살았다
나머지는 변방이었다
수십 년 한국사회를 지배한
개똥같은 정서가 아직도
존재하고 있다
모든 지역의
학연, 지연, 혈연,
서열파괴가 시급하리라
줄탁동기(啐啄同機)
알에서 깨어나야 한다
깨어날 때,

부리로 쪼아
뚫고 도와줘야 한다
백짓장도 맞들면 낫듯이
공정하게 살아가야 하리라
모든 서열이 파괴되어
서울 지방 따로 없고
부자 가난한 자 따로 없고
남한 북한 따로 없고
한미일중러 따로 없어야 한다

하얀색 백인종
검은색 흑인종
노란색 황인종
따로 없어야 한다

위대한 자연의 순리 앞에
남녀 따로국밥이 없고
잘난 놈 못난 놈
따로 없어야 한다
기(氣) 펴고 살다가
지구라는 별에서 살다가

또 다른 혹성으로
튕겨져 나가는 것이
우리네들의 인생(人生)인 것이다

서열은 더 이상 주홍글씨가
아닌 것이다

말(馬)과 말(言)의 차이

총에 맞은 말을
치료해 보라
1년 후,
달리는 말이 되어
새살이 돋아
살아가리라

말에 맞은 상처를
치료해 보라
떠도는 말이 되어
100년 후에도
새살이 돋지 않는다

달리는 말은
히이잉 히이잉
상처는 아물고
새살이 돋는다
그러나
뱉어낸 말은
으아앙 으아앙

상처는 돋고
새살에 소금을
뿌리는 것이랴

옴마니 반메훔
말이여
연꽃 속의 보석이여

낙지

노량진수산시장 가판대에
낙지가 살아 꿈틀댄다
청도 소싸움에 지친 소도
낙지를 먹으면
일어난다는 그 놈이다
그 낙지가 느물느물
기어다닌다
문득,
돌아가신 아버지가
생각난다
평생 돈 없어
깡술로 노래하다가
허기진 배 움켜줬던
울 아버지 아니던가
저 놈의 낙지
수르르르 삶아
낭창거릴 때,
윤기 나는 쇠주 한잔에
초고추장 마음 담아
한 사라 사 드린다면

얼마나 호탕하게 웃겠는가
낙지가 나를 바라본다
없는 아버지
불러오라 손짓하고 있다

참당암 종무소에서

고요한 산사
도솔천을 걷는다
암자를 지키는
목백일홍의
우듬지에도
별이 돋는다
나의 꿈은
어디로 흩어졌는가
멀리서 닭 우는 소리
자시(子時)의 도솔천은
무심한 듯
고요를 흔들어댄다
소 여물통 같은
내일은 또
밝아오겠지
오늘 밤은
길게
어둠으로 남겠지
도솔천 산사의 침묵이 흐른다

질경이

밟아도 밟아도 끈질긴 풀이여
타래처럼 피어나는 하얀 꽃은
생명(生命)의 꽃이던가
꽃대의 꽃무릇이던가
차전자(車前子)로 태어나
깔고 뭉개고 으박질러도
소리 없이 웃고 있는 너는 누구인가
교만한 자
위선자들이여
질경이란 놈이
어찌 자라는지 너희가 안다면
두 발로 밟기가 망설여지리라
너희가 밟고 지나간 그 자리에는
기억과 비례하는 소금 같은
부활의 꽃대가 올라오리라
오직,
정직한 몸짓의 소리 없는 함성으로
일어서리라
죽어서 다시 사는 풀잎
그것은 진정 낮은 자들의 눈물인 것이다

방울토마토

앙증맞고 잔망(屛妄)스런
방울토마토

또르르르
구르는 요것을
한입에 냉큼 삼킨다
달콤한 과즙이
목젖을 타고 흘러내린다

이럴 수가
입천장에 달라붙은
꼬마토마토의 껍데기가
나를 조롱한다
혓바닥으로 밀어도
떨어지지 않는 요녀석

걸쩍지근한 까시락질이여
거시기한 불편함이여

소소리

호야가 폈다
호야가 폈다

호야가 피면
좋은 일이 일어난단다
문득,
길을 가다가 예쁜 팻말을 보았다
소소리라는 곳이 있었다
소 소 리

풍란이 폈다
풍란이 폈다

풍란이 피면 좋은 일이
일어난단다
오늘,
소소리 마을에 가보려 한다
지명이 예뻐서 가보려 한다
워 낭 소 리

산골소년의 이야기 되어
예쁜 꽃 모자 쓰고
늙은 소년이 소소리에 간다

흐르는 물처럼 세월이 간다

백구의 죽음

벚꽃축제가 시작되었다
진해 군항제
강원산간엔 눈이 내렸다
십 센티도 넘었다

털보형님 매실농장에는
인간을 믿지 못해 떠돌던
백구가 쥐약을 먹고
싸늘한 사체로 발견되었다

눈은 천점 만점 나리고
꽃잎 분분히 날리고
백구의 서늘한 눈빛만이
매실 밭에 남아 있다

4월에 내리는 눈송이에는
남아있는 계절을 혼돈 속으로
울음 울고 있으랴
오늘은 백구의 문상 날이다

4월의 눈물

누가 사월을 잔인한 달이라
노래 불렀나
초록의 바다로 들어가 보라
고래 등처럼 푸른빛으로
그대의 잠수함을 타고
연둣빛 청잣빛 산 능선을
인어처럼 유영해 보라
탐화봉접(探花蜂蝶)이여
신록예찬(新綠禮讚)이여
꽃을 찾아 나르는 벌 나비되어
달콤한 사월의 신록을 껴안아 보라
어떠한 사족(蛇足)도 필요 없이
그저 이 봄을 사랑하면 될 일이다
그저 이 사월의 푸른 하늘에
이전투구(泥田鬪狗)를 모르는
아이의 눈동자로 바라보면 될 일이다
그러면 거기에
값진 사월의 눈물을 볼 것이다
찌꺼기 같은
망상의 세월은 던져버릴 일이다
오직 숙명처럼 지친 고단한 영혼들의
쉼터만이 있을 뿐이다

5월이라는 것

5월은
막 목욕탕에서 나와
출렁이는 머리칼을 터는
여인의 싱그러운 몸짓이다

5월은
막 얼굴을 문대고 지나가는
솔잎 향기의
안단테 바람이다

5월은
지는 강 잔물결처럼
출렁이며 흘러가는
은빛 금빛의 윤슬이다

5월은
붉디붉은 장미 한 송이에
세상 모든 것이
용서가 되는 것이다

약수터에서

국수나무 꽃이 핀
싱그러운 5월이다
약수의 단맛이 그리워
길을 나선다
푸르른 하늘
신록이 우거진 숲으로 간다
때죽나무 잎이 목이 마른지
아이가 손이 곱은 듯
돌돌돌 말려 있다
예전의 꽃이 아니다
가물었다
단 한 방울도 없는
매정한 약수
아이 우는 소리 끊어진
시골 농가처럼
숲은 폭풍이 지나간
바다처럼 고요하다
단비가 오긴 요원(遙遠)한가
누가 이 생명수를
말라 죽였는가
배낭 속의 빈 통이

달그닥 거리고
하산 길을 서두른다

돌부리에 차이고
물 한 병 받지 못한
내리막길에
어디선가 은은히
이순(耳順)의 희끗희끗한
사람의 숨결이 울려 퍼진다

각시붓꽃

각시붓꽃이 폈다
숲쟁이 산기슭에 꽃대를 올렸다
개화 직전 새 각시가 고개를 든다
꽃봉오리에 아침 이슬은
이별의 눈물이었나
함초롬 자줏빛 꽃 무지개가
별처럼 총총 피고 있다

행복

주말이면 나를 기다리는
바둑 두는 친구들이 있다는 것
삶에 지쳐 쓸쓸할 때,
시를 쓰거나 호올로
노래를 부를 수 있다는 것
그것은 행복이다

계곡물이 흐르는
인적 없는 숲 속에
기다리는 개들이 있다는 것
먹고 싶은 것이 있으면
저렴한 가격에도
잘 어울릴 수 있다는 것
그것은 행복이다

인문학(人文學)을 이해하는
절친과 영화 한편 보고
미술관에 명화를 감상하거나
고궁을 거닐 수 있다는 것
산이나 바다에 어디론지
쏘다니며

꽃과 나무와도
얘기할 수 있다는 것
그것은 행복이다

행복은 싸구려로
살 수 있는
재래시장 같은 것인가

2

인생(人生)

인생이란,
먼 산 협곡(峽谷)에
구름이 한번 일어났다가
안개처럼 사라지는 것이다
마치 돋을볕에 미소 짓는
영롱한 아침이슬 같은 것이다

쯔쯔가무시

쯔쯔가무시에 물렸다
산사람으로 살아가는
후배를 위로하러 갔다가
물렸다

쯔쯔가무시에 물렸다
산사람으로 살아가는
후배 핑계 대며 놀다가
물렸다

온몸이 뻥뻥 뚫려
원자폭탄 맞은
문둥이가 따로 없었다
가피(痂皮)는 담뱃불에 지진 양
흉측하게 일그러졌다

하늘의 벌인가
하늘의 노여움인가
쯔쯔가무시란 놈은
벌침보다 센 입으로
세상의 경고를 알렸다
삶의 오만함을 꾸짖었다

모두가 잠든 여름 밤,
강원도 인제의 숲속에서였다
밤하늘 별 쏟아질 때,
쯔쯔가무시는 나를 물었다

물리고 알았다
죽음은 항상 우리 문턱에
있었다
삶과 죽음의 경계에
깊은 침묵의 채찍은
항상 도사리고 있었다
그날, 하늘의 별
아름다웠다
그날, 풀벌레 소리
너무 아름다웠다
야생화의 향긋함
잊을 수 없이 아름다웠다

지금도 꿈결 같은
시간들은 흘러간다
언젠가 우리는
이 세상에 존재하지 않는다
삶과 죽음은 왔다가 그냥 가는 것이다

엄숙하고 진지하게 살아가라
너의 유한한 죽음을 기억하라
쯔쯔가무시는 독침으로
말하고 사라졌다

여름에 지는 꽃

신록이 녹음으로 물든
늦여름에
정릉 경국사 개천에 갔다
어매와 살던 곳에
가 보았다
예전의 모습 군데군데
남아있고
불어난 개천에는
예닐곱 먹어 보이는
아이들이 깔깔거리며
물놀이를 하고 있다
고가(古家)의 담벼락에는
주홍빛 능소화가
우아하게 늘어져 있고
땅바닥에 떨어진 성성한 꽃들은
노숙자처럼 술에 취한 듯
처연하게 쓰러져 있다
꽃이 지고 있다

여름 꽃이 지고 있다
몇 개 남지 않은

끈끈이 대나물이
바람에 흔들리고 있다
빗방울에 이파리가 뭉개진
풀협죽도*는 이제
흑백사진으로 남으려 한다
해질녘 꽃비는 내리고
찬연한 꽃들은 하나 둘 바람에 날린다
경국사의 저녁 타종 소리가
여름 꽃이 지듯이 떨어져 내린다

*풀협죽도: 꽃고빗과의 여러해살이풀(비슷한 말: 풀유엽도)

바둑 두는 날

오늘은
바둑을 두러
매실 농장으로 가는 날이다
맨몸으로 석양의 무법자처럼
생각을 잡으러 간다

세월이 흘러도
그 자리에 머물러
날 반겨주는 고뇌를
차마 보낼 수는 없다

우리 바둑이 같은
그 보물 지도를
찾으러 가는 것이다

매화 꽃잎 분분히
바람에 날릴 때
생각은 깊고 고요하다
바둑돌 한 점 매화 꽃잎 되어
반상을 울린다

세월이 흘러도
그 자리에 머물러
날 반겨주는 매실 농장은
차마 잊을 수는 없으랴

해마다
매화는 다시 피건만
세월은 잡을 수 없으랴
꿈결에서인 듯
잠결에서인 듯

나무

나는 소나무를 사랑했습니다
어느 날, 산지기가 시퍼런 전기톱을 들고 나섰습니다
과수원 뒷산에 잘 뻗은 소나무를 위해
그 옆의 나무들을 사정없이 베어냈습니다
잡목의 이름을 알 수 없었으나
수십 년 나이가 들어 보였습니다
그저 소나무를 누를 듯이 서 있다는 죗값으로 잘 뻗은
나무 밑둥치를 전기톱으로 베어서 쓰러트렸습니다
나무는 아름답고 하이얀 속살을 드러내며 쓰러졌습니다
내뱉는 큰소리는 산비탈을 울렸습니다
내 몸 어느 한구석엔가 그 소리가 박혀왔습니다
산지기는 작업실에서 향을 가져다 사루었습니다
불편해진 내 마음을 위한 것인지 몰랐습니다
내가 소나무를 통하여 받는 위로는 침묵의 솔향기를
나누어 주는 사랑 때문입니다
내가 소나무를 사랑하는 것은 소나무를 보고 대할 때마다
그것을 통해서 받는 위로 때문입니다
그러나 나의 소나무에 대한 사랑을 그 나무에게도 전했습
니다

나무는 말이 없었습니다
나무의 마음이 나의 마음에 전해졌습니다
나의 마음은 베어진 나무와 같았습니다
살아있는 나와,
살아있는 소나무와,
속살 드러내며 베어져 쓰러져 있는
나무는 한 점처럼 응축되어졌습니다

태어나지 않은 나
태어난 나
살아있는 나
죽어있는 나
한상에 앉았습니다
산지기도 촛불을 켜고 말없이 앉았습니다
오래된 잘 늙은 나무가 되고 싶었습니다

연못

비오는 연못을 본다
연꽃 수련이 화사하게 피어
안개비마저 황홀히
아름답던 그 시절,
지그시 눈을 감는다

벌 나비가 연꽃에
입 맞추고
물잠자리 유유히
물 위를 춤춘다

못 아래에 검은
잉어 휘감아 돌아
고요한 수면이
파문 일어 아름답다
그 시절 풍요롭고
신산한 연못에는
회상의 눈을 떠 보니
잉어도
물잠자리도
벌 나비도

아무도
찾지 않는 더러운 물
되었나 보다

꿈처럼 부귀영화
가버렸는가
비오는 연못을 본다
꽃이 진 연못을 본다
아무도 찾지 않는
연못을 물끄러미
바라본다

물속의 그림자가
나를 보고 있다

폴 1

폴을 만난 지는
이십 년이 넘었다
누가 먼저
친구하자고 했는지는
기억이 안 난다
천주교 신자인 그는
중처럼,
때로는 도인처럼
복장을 하고 다닌다

번역 일을 해서
먹고 산다는
폴은
유창한 영어를 달고 다닌다

어느 날인가,
엄마손 분식집 앞을 지나는데
주인아줌마와 폴이
크게 싸우고 있다

"폴 여기서 뭐해?"
하얗게 화가 난 폴은 아무 말이 없고
주인아줌마는 울면서
나에게 하소연한다

떡볶이 2천 원어치 시켜놓고
너무 쪼끔 준다고
시비를 건다는 것이었다

하여
돈도 갚아주고
담배에 불까지 붙여주고
그날 싸움은 끝이 났다

폴 2

어느 날인가,
충무로 지하철
땅속 계단이 끝나는 갈림길에서
그를 보았다

기둥 옆에 서서
스님처럼 옷을 입고
시주를 하는 것이 아닌가

목에는 개 목걸이 비슷한
네모진 판자때기를 걸었는데

"살고 싶어요"
"도와주세요"
붉은 매직으로
쓰여 있었다
깜짝 놀랐다
의외의 모습에 나는 다가서서 물었다

"폴, 여기서 뭐해?"
순간,

하얗게 사색이 된 그는
돈주머니를 챙겨
도망치듯이
사람들 사이로 빠져 나간다

3호선과 4호선의 열차는 숨 가쁘게 헐떡거리며
블랙홀로 흡입되는 사람들을 짐짝처럼 뿌려놓고
쇳소리를 내며 달린다
기둥 사이로 숨어 달아나는 폴의 뒷모습을
한참동안 본다
왠지,
주르륵
눈가를 붉힌다
얼마 후 폴은
구멍이 숭숭 난 파아란 바구니를 들고
주위를 살핀 뒤, 또다시 돌아와 적선을 하고 있다
기둥 뒤에 숨어 있다가
나는 다가가
다시 한 번
폴의 코앞에
내 얼굴을 닿을 듯 말듯 다가서서 물었다

"폴! 여기서 뭐해?"
순간,
혼비백산한 폴은
돈주머니를 놓고
달아나 버렸다

그 이후로
내 친구
폴을 다시 볼 수 없었다

그의 부고(訃告)를 들은 것은
몇 달 후였다

여름 그림자

깨꽃이 하얗게 폈다
온 세상이 환하다

들깻잎에 병어회를 싸서
소주를 먹던 울 아버지
그림자가 찾아왔다

오늘밤엔,
깻잎에 은하수별을
싸서 드려야지

멀리서 산비둘기
구우욱 구우욱
울어대는데

아배는 술을 노래하고
어매는 쪼그리고 앉아
고구마 순을 다듬고 있다

여름의 끝자락
그림자 두 개가
별처럼 내려와
내 맘속에 서성댄다

겨울 강가에서

길 위를 걷는 사람들아
겨울 강가를 걸어 보라
해가 가고
달이 가고
세월도 가고
오늘도 어김없이
밤하늘엔 푸른 별이 떴다
헝클어진 맘을 정돈하려거든
저녁 강가를 걸어 보라
빛바랜 둑길 너머 잔물결을 보라
겨울강가의 강물도
아이처럼 추운 듯 움추려 얼어 있구나
태엽이 풀린 세월의 시계추가
잠시 낮을 뒤로 하고
적막한 저녁강가를 흔들고 있구나
고단하고 슬픈 영혼들이여
삶이 지쳐 소리치거든
너를 떠나간
누군가를 위해 기도 해 보라
얼마나 행복한 일인가
깊은 숲의 나무처럼,

단 하루라도 타인을 위해
두 손을 모아 보라
새들이 잠든 겨울강가에
풀섶의 고요처럼
평온한 가슴으로 거닐어 보라
푸른 별이 사위어가고
새벽 이슬 내리면
새떼들의 지저귐에 귀 기울여 보라
연둣빛 파릇한 소리가
다시 움트고 있구나
쓸쓸하거나
고독하거나
버려진 외면이거나

모든 것은 떠났다가 돌아오듯이
그저 겨울강가의 청결함으로
살아갈 일이다
슬픔은 소리죽여 삭이듯이
꽃처럼 다시 피워 내는 것이
우리네들의 삶인 것이다
길 위를 걷는 사람들아

겨울 강가에 서서
다시 저무는 강을 보라
물결에 비친 너의 그림자는
찰랑대는 그리움으로
청잣빛 봄을 맞을 일이다

칡꽃향이 나는 숲에서

칡꽃향이 나는 새벽 숲에 나섰다
풀잎이슬이 맺혀있다
방울방울 은빛구슬은
바지를 적셔 몸을 비튼다
새벽 숲에 마음을 씻었다

칡꽃향이 나는
새벽 숲을 걸었다
세상 하나는 어둠에 살았다
무수한 거짓이 살았다
숲속의 향기를 찾은 이유다
새벽 숲에 나를 정갈히 씻었다

칡꽃향이 나는
새벽 숲에 콧등을 대어본다
풀벌레 우는 밤을 위하여
칡꽃은 향기를 감추고 있었다
세상 모두 나누어 주려
잠시 숨을 고르고 있었다

달 밝은 밤,
쓰르라미 울어 대며는
보랏빛 치마는
너울너울 춤을 추고
분꽃처럼 달콤한
생명 하나
꿈속으로
스르르 잠들어 간다

모정(母情)

퇴근 후 9시 뉴스에 언뜻 하나의 사건이 얽히어 온다
부모 자식 간에 왕래 없이 살던 자식이
부모에게 유산상속을 청구한 파렴치한 사건이다
재판의 사연은 간단해서 대리인들이 사건을 다루는
형식이었다
부모 중 어머니가 매번 빠지지 않고 재판장에 나와 있었다
재판관은 그 어머니를 안타까운 눈빛으로 바라보며
한마디 충고를 했다
더 이상 꼬박꼬박 참석하지 않아도 된다는 내용이다
그래도 사건이 종료될 때까지도 그 어머니는 말없이
참석할 뿐이었다
빠짐없이 참석한 그 어머니를 향해 재판관은 또 다시
되물었다
"왜 그렇게 한 번도 빠짐없이 참석하시나요?"
그때 어머니는 나직이 대답한다
"그래도 자식이라 보고 싶어 나왔어요!
재판이 끝나면 볼 수 없는 자식이라
한 번이라도 더 보려고 나왔을 뿐이에요"
재판장을 빠져나가는 어머니 뒷모습에 차가운 바람만이
스치고
사람들은 아무렇지도 않은 듯 어디론가 바삐 가고 있다

바닷가에서

동해바다 백사장
그 많던 모래알은 다 어디 갔나

밤바다 해수욕장
그 많던 추억은 다 파도였던가

희고 고운 모래에
이름을 새겨 봐도 친구는 없는가

세월은 흐르고
반백의 머리칼만 바람에 나부낀다

사대강 뻘게

간조 썰물 진흙 뻘에
게 눈 허옇게
단춧구멍 같은 눈구녕 뜨고
안테나 흔들며
도적놈처럼
의뭉스럽게
까딱까딱
접었다 폈다가
사방을 두리번거리는
뻘게 한 마리
혓바닥
후루룩 후루룩
입맛 다시며
지는 해를 바라본다
소금기에 젖은
쥐새끼 마냥
처량하고 쓸쓸하다
똑바로 걷지 못하고
옆으로 걷는 것이
분명코,
맘보도 삐뚤어지고
눈도 삐뚤어진
사팔뜨기 도적놈이구나

있다면

비 갠 뒤의 맑은 하늘처럼
푸르게 살 수만 있다면

해맑은 아이의 티 없는
눈망울로 살 수만 있다면

꽃잎 같은 향기를 서로에게
나눠 주고 살 수만 있다면

노을 진 수평선 위 갈매기처럼
평화롭게 날 수만 있다면

눈 내린 아침 산새들처럼
속삭이듯 지저귈 수만 있다면

오 슬픔도 아름다운 것이 되리라
오 절망도 희망이 되리라
오 미움도 용서가 되리라

모두가 사랑하게 되리라

찔레꽃

그 꽃을 처음 본 것은
아주 오랜 기억 속에서다

어릴 적 산모퉁이에서
하얀 이파리를
따서도 먹고
바람에도 날려 버렸다

어른이 되어 다시 보았을 때,
그것은 꽃이 아니라
한 점 눈물이었다

늙은 어매의 묘지 옆에서
앙칼진 가시를
세우고 자식들을 기다리는
망부(望夫)의 꽃이었다

그 꽃을 처음 본 것은
아주 오래 기억속의
어머니의 미소였던 것이다

수국

수국만큼 아름다운 보라색을 피워내는 꽃은 나는 여태껏
보지 못했습니다
어릴 적 미열이 늘 떠나지 않던 나의 이마를
수심 띤 얼굴로 내려 보던 울 어매는
오래전에 돌아가셨건만,
희미한 영상으로 머무른 울 어매를 다시 봅니다
보자기에 쌀보리를 둥글게 말아
"잠바각시 잠바각시 영험하신 잠바각시야
 울 애기 열을 썩 내리고 물러가게 해다오"
알 수 없는 주술 같은 주문이 이어졌고, 나는 가느다랗게
실눈을 뜨고 편도선과 싸워야 했습니다
머리 위의 조그만 쌀자루는 이마를 맷돌처럼 어루 돌았고
신기하게도 미열은 조금씩 사라졌습니다
염색을 하지 않으면 반백이 다 되어버린 나는, 아직 고향
의 화단에 피어있던 그때의 연보라색 수국을 잊지 못합니다
나의 이마에 와 닿던 서늘하던 울 어매의 손길 같던 그 꽃
갑자기 눈물이 쏟아집니다
오늘은 어머니의 무덤가에 수국동산을 만들어 울 어매의
이마를 짚어 보러 가렵니다
여름 수국이 활짝 피듯 내 마음도 보랏빛으로 피어납니다

수국 같은 나의 어머니여!

나무 사이로 보이는 하늘

삶의 무게가
우리를 짓누를 때면
하늘을 보라

거기에는 우릴 향해
손짓하는 희망이 있다

겨울이 끝나고 새순 돋는
봄이 되면
거기에는 연초록 미소가 숨겨져 있다

아무도 보지 않으려 할 때도
이 땅에 고통 받는 영혼들에게
희망의 돛을 달고 싶다

삶의 무게가
우리를 짓누를 때면
하늘을 보라

거기에는 우릴 향해
손짓하는 사랑이 있다

상사화

벌집을 쑤셔 놓았나
각혈을 토해 놓았나

붉은 치맛자락
바람에 나부낄 때마다
그리움 한자리 쌓여만 가고
꽃 무릇 외쪽사랑
불붙고 말았네

상사화여
곁에 두고도
만나지 못할 사랑일랑 거두어 가라
바람이 스쳐간 그 자리에
별 하나 떨어지면
풀잎에 맺힌 이슬 바라보노라
시린 가슴 부여안고
울고 있노라

눈물의 색소폰

내 친구 종대가 추석 귀성객들로 북적이는 거리를 빠져나와
치매를 앓는 조남순 어매를 휠체어로 밀고 온다
하굿둑엔 작년에 핀 갈대꽃이 흔들리고 있다
추석 이브 날이어서 콧바람 쐬어 드리고자
하굿둑 나들이를 하고 있다
지나가는 40대 초 건장한 장정 서너 명이 다가와
햇귤 서너 개를 늙은 어매 손에 쥐어주고 간다
뜨락 쪽으로는 누렇게 익어가는 나락의 흔들리는 모가지에
고추잠자리가 사부작이며 앉고
빠알갛게 꽃잎이 듯 날리는 코스모스가 그림 같다
노모의 아들이 풀잎 같은 얼굴로 차량 뒤로 걸어간다
아들은 차량 트렁크에서 색소폰을 꺼내고 어매를 바로
앉힌다
마지막 연주가 될지도 모르는 첫 음이 막 시작되었다
머리는 바람에 헝클어지고
망막은 점점 흐릿해져가건만,
연주는 구슬피 연기처럼 하늘로 퍼져 나간다
팔십 노구의 어매는 가을의 아름다운 풍경은 보고 있을까
해맑은 표정의 노모는 손에 쥔 귤을 만지작거린디
아들의 연주는 귓전을 때리고 노모는 해맑게 웃고 있다

저만큼 강이랑 타고 바람이 밀리어 오고 있다
바다 건너 장항 제련소 굴뚝 위엔
상심(傷心)한 구름이불 시간이 멈춰 걸려있다

우리 꽃

출근길에 핀 무궁화꽃
차를 세우고
코끝에 분가루가
묻도록 대보았다

딱지 않으련다
띠앗머리 같은 우리 꽃

청나비떼

면온IC에 접어들었을 때
부터였던가
봄꽃 향을
접었다 폈다 하면서
한 마리의
파랑색 나비가 날아간다
첨보는 청나비다

홍정계곡에 다다랐을 때
일급수에서만 산다는
버들치와 열목어 등 위로
서너 마리가 팔랑팔랑
계곡의 향기를 말아서
날아다닌다

허브나라 입구
소나무언덕에서였다
수십 마리의 청나비떼가
장관을 이룬다
생전에도 그 이후에도
볼 수 없는 놀라움에

입을 다물 수가 없다
나비 겨드랑이에 들어갔던
솔잎 향기가
납작 납작 눌려서
허브 향을 뿜어져낸다
청나비는 떼를 지어
숲속의 향기에
날개를 적시고
팔랑팔랑 춤을 춘다
나비가 접었던 봄볕이
요술나라 램프처럼
숲속에 퍼져나간다

바로 그때였다
어디선가 환청처럼,
쇼팽의 즉흥환상곡
한줄기가
자작나무 숲 사이사이로
박하향 바람 되어
흘러나온다

꿈을 꾸듯 아름다운
청나비떼를 본 것이다

어룡계곡 찾아가는 길

어룡계곡 찾아가는 길은
나밖에 모른다
그곳에는 산새처럼
맑은 영혼의 어룡형님이
달보드레 웃고 있다
처음 가는 이들은
찾을 수 없는 계곡이
미로처럼 꼬불꼬불
산중턱을 따라 얽혀 있다
쪽동백나무, 때죽나무, 층층나무, 병꽃나무들이
쉼 없이 자갈 자갈 이야기하고 있다
쪽동백나무와 때죽나무가 너무 닮아
그것을 구분하기는
그곳에 다닌 지
몇 년 후의 일이다
여우비가 다녀 간
봄이 되면,
산수유보다
먼저 피는 생강나무가
골짜기 웅달 속에서도
가장 먼저
노랗게 얼굴을 내밀고 있다

아무도 찾지 않는
고요한 묵상의 숲
꽃구름이 지나간 계곡에
발을 담그면
어금니가 다물어지도록 시린 얼음물이 나를 맞는다
꽉 다문 어금니가
서로 부딪혀
덜덜 떨리도록 아프다
모진 날 응어리진 알갱이들이
서로 충돌하고 있는 것이다
세상에서 가장 맑은 바람소리가 이는 그 곳
언제나 파안대소(破顔大笑) 하는
산지기를 찾아가는 길이다
숲속의 향기를 닮은 산지기형님은 무학(無學)이다
많이 배워 상처를 입힌다면,
무엇하러 학교에 가는가
그루잠처럼 짧은 삶이 아니던가
사람과 사람 사이
어떠한 사족(蛇足)도 없이
그저 바위같이 살아가는
필부(匹夫)를 찾아가는 길이다

오늘, 나는 두툼한 앞다리 족발 대짜와
막걸리 다섯 병을 샀다
족발은 발라먹고
뼈는, 꼬리치며 달려오는
황구를 줄 것이다
막걸리 다섯 통은 두 통은 먹고
세 통은 남기고 올 것이다

서편제

닻별이 졸고 간 자리에
먼동이 트고
지새는 조각달이 가는 눈을 떴다
아침의 햇볕을 받아
향그러운 찔레꽃이
이슬을 머금고 있다
싱그러운 처녀의 젖무덤 같은
묏 동을 지나
도담도담 커가는
산딸기 한 무리가
송아리 송아리
모여 놀고 있다
멀리서 닭 우는 소리 들릴 즈음에
어디선가 늙은 할매의
곰삭아 녹아내린 한줄기 소리가
뜨거운 황톳길에
소리 하나로 달려간다
그 황톳길은
봄, 여름, 가을, 겨울이 와도
중모리로
중중모리로

그리고
휘몰이로 달려간다
이것은
진정코
폐부를 찌르는
들꽃 같은 민초들의 눈물이런가
진정한 핏빛소리인가
하루 종일
허우룩 슬펐다
노을이 하도 붉어
감자밭에 물감자도 붉게 울었다
숫처녀 월경도 붉디붉었다
술 익는 마을
타닥타닥
이 앓는
아궁이도
주홍빛으로 타올랐다
꽃구름이 지나간 녹이 슨 하늘에
까마귀 한 마리
번쩍
공중을 돌았다

바람에 떠가는 구름처럼
홀연히 흘러가는
환(幻)을 보았음이랴

인생(人生)

인생이란,
먼 산 협곡(峽谷)에
구름이 한번 일어났다가
안개처럼 사라지는 것이다
마치 돋을볕에 미소 짓는
영롱한 아침이슬 같은 것이다
바람 부는 언덕의 풀잎처럼,
길가에 피어난 민들레처럼,
그렇게
눈길 한번 주고서
어디론지 떠나는 것이다

눈 내리는 어느 날,
하이얀 자작나무 숲에서
별리(別離)의 꽃 무덤이 되어버린
늙은 어머니를 추억하며
갈색 외투를 여미는
나그네의 여행처럼

흠칫,
옷깃 한번 세우고

홀연히 사라지는 것이다
목소리와 미소만 남겨놓고
쓸쓸히 떠나는 것이다

눈 감으면 생각나는
그리움으로 남는 것이다

부안(扶安) 필부(匹夫)의 명언(名言)

변산반도 국립공원에 가을이 달린다
왼쪽에는 잿빛바다와 개흙 같은 간조(干潮) 뻘이 누워 있다
오른쪽에는 하늘하늘 나풀나풀 코스모스가
바람에 날린다
문득, 조수석에 탄 나에게 묵직한 토막말이 날아온다
아버지는 인간(人間)
어머니는 신(神)이라고 했다
무더기로 모여 있어도
슬퍼 보이는 꽃
그것은
어머니 같은 코스모스라고도 했다
운전하는 그의 눈가에서 이슬을 보았다

3

깨 터는 노인

아무도 말하는 사람이 없어도
깨를 터는 노인은
물봉선 너머에
노란 들국화 속에 갇혀 버렸습니다
한 폭의 그림은 가을 속에
어룽거리며 조용히
잠들어갑니다

두 개의 태양

자고 일어나 보니
태양이 두 개였다
어찌된 일인가
골목에서
광장으로 쏟아져 나온 이들은
거친 숨을 헐떡이며
터지지 않는 함성을 지르고 있다
멋들어진 쇼윈도 마네킹마저도
사람들을 비웃고 있다
거리는 사방팔방
벌거숭이들로 넘쳐나고
세상은 뒤집어졌다
상점 냉장고 속의 아이스크림이 거덜 나고
얼음은 한순간에 팔려나갔다

눈을 떠보니 태양이 두 개가 된 것이다
사람들의 마음은 갈기갈기
상처투성이로 찢겨졌다
요란한 사이렌 소리에 고개를 드니,
사다리 끝에 매달린 소방대원들이 해 하나를 따고 있다
검은 외투의 노숙자 하나가

입에 장미를 물고 나타나
중저음으로 소리를 내질렀다
"사람이 사람다워야 사람이지"
"하늘의 벌이다. 교만한 것들아"
그가 사다리 끝에 걸린
태양을 향해
입에 문 장미를 던졌다
순식간의 일이다
태양은 용광로의 쇳물처럼
흘러내렸다
탄성이 광장을 감쌌다

꿈을 꿨다

정원스님

언제부터였던가
정원비구는 산새였다
그 산새는 솔잎 사이로
대숲 사이로 날아다녔다
행복사의 풍경 사이로
짹짹 찌리릭
포르릉 포르릉
노래도 불렀다
날개를 벌려 춤도 추었다
너무 신묘하고
현란한 춤사위와 노래에
모든 중생들은 발길을
멈추고 미소 지었다

그러던 어느 날,
닭도 아니고
요괴도 아닌
미친 악마가
인간들을 괴롭히고
혹세무민파탈로
천지를 더럽힌다는

소식을 들었다
하여,
비장하게
산에서 내려왔다
그 곳은
광화문이라는
촛불동네였다
불의를 보면
참을 수 없는 동네였다
참선수양으로
쪼아 다듬던 한 마리 새는

어느 날부터
울음울기 시작하였고
이제 불새가 되었다
소신공양(燒身供養)
훨훨
광화문에 날아올랐다
더 이상 산새가 아니었다
정원당 스님은 불새,
피닉스가 되어

태양 속으로 들어가셨다
합장
나무아미타불 관세음보살
나무아미타불 관세음보살
산새는
불새가 되어버렸다
불새가 되어
태양의 흑점 속으로
영영 들어가셨다

고독

길을 가다가 차를 멈췄다
유모차를 몰고 가는
서넛의 시골 할매들이
잘 구워진 군고구마처럼
구수하게 수런거리며
집으로 돌아간다
마실 나갔다가 가는가
동네 할매집에
모였다가 집으로
가는 것인가
마음 한쪽이 먹먹하다
모가지가 잘려나간
깻 대는 일렬종대로
나란히 서 있고
묵정밭 옆에는
두 시간에 한 번 오는
버스정류장의 빈 의자가
덩그러니 나뒹굴고 있다
회색바람 한줄기
두 뺨을 핥고 지나간다
유모차도 빈 의자도

주인을 잃으면
그림처럼 남아 있으려나
불현듯 수십 년 전 기억 저편에
간직한
영상 하나가
바람 앞에 섰다
빈집에 적막함이 남겨진 채
주인 잃은
강아지 한 마리가
뙤약볕에
누워 졸고 있다
개 밥그릇에
빗물이 고여
반짝이고 있다
무자비한 세월
수십 해가 흘러갔다

여기는 어디인가
가슴으로 얘기하던
사람들은 다
어디로 갔는가

성형천국

이제 우리나라는 점례는 없다
이제 우리나라는 영희도 없다
수많은 경숙이와 미숙이, 미자도 없다
압구정동 붕어빵만 있을 뿐이다

자살률 1위

많이 힘들었구나
마포대교 난간에 플래카드 흔들린다
교복 입고 재잘거리던 옛 이야기 봄 같았다
우리나라 이제 겨울이구나
죽음의 긴 잠을 자고 있구나

많이 괴로웠구나
한강대교 난간에도 플래카드 흔들린다
웃어른 공경하던 시절은 옛날의 이야기
우리나라 이제 막가는구나
베르테르 긴 꿈을 꾸고 있구나

가늘고 길게 살자던 언약도
잡초처럼 질기자던 그 힘도
눈 떠보니 사라졌구나
대가족 제도는 붕괴되고
핵가족 제도마저 붕괴되고
원룸과 오피스텔 혼자 사는 나라 되었구나
부모형제 소중함을 잃어가는 구나
오직,
자살률 1위 금메달감이구나
우리는 지금 어디로 가는가

사직서

그녀가 벽에 걸린 달을
드라이버로 샷을 날렸다

길게 날아 간 푸른 달이
강물에 텀벙 빠졌다

세상이 캄캄해지더니
물빛이 푸르게 빛났다

아무도 그녀의 눈물을
더 이상 볼 수가 없었다

돌연사로 떠난 남자는
가혹한 사직서 한 장
안겨 놓고 떠나갔다

영상

이제 너와 나의 대화가
안개처럼 사라지기도 전
아쉬움도 가슴 짜듯
그 소리 그 마음
잊혀질 수 없는 영롱한 너의 두 눈동자
모랄이 웃음 짓는 슬픈 안녕이어라

산사의 가을

가을 숲을 걷는다
호올로 걷는다
노랗게 빨갛게
떨어지는 단풍잎은
막을 길은 없어도
오랫동안 기억할 수는 있으랴
계절 잊은 꽃송이 하나
길 잃은 철새가 되고
혼기 놓친 늙은 처녀처럼
대열에서 이탈한 불안한 노루 한 마리가
놀란 눈을 두리번거린다
산사의 가을은
반찬 모자란 남은 밥처럼
텅 빈 겨울 나목에
이파리 하나처럼
길거리 떠도는
신발 한 짝처럼
그렇게 쓸쓸하고 고적하고나
가을은 이렇게
허기진 도둑고양이 되어
바스락거리며 가는가

어디까지 걸을까나
가을 숲에서 길을 멈췄다
주머니 손 깊숙이 넣고
눈을 감았다

아주 멀리 떠나간 사람과
요절한 추억 하나
사유(思惟)해보며
오랫동안 서성인다
신기루 같은 그림자가
달아나는 뱀처럼
사위어 갈 오후에
한기가 엄습할 때까지
흠칫 옷깃을 세웠다
오랜 기억의 창고에서
입시에 떨어진 재수생처럼
상심(傷心)한 가을이
나를 울린다
종일 서글펐다
산사의 가을이 저문다
멀리 수미산(須彌山)에서

보내 온
저녁예불을 알리는
서른 세 번의
범종소리가
은은하게 울려 퍼진다

둥
둥
둥

선운사의 겨울

하늘은 잿빛 눈물
가득 머금고
나는 노오란 그리움
가득 머금고

선운사
법당 앞에
쏟아진
별의 전서(傳書)
하얀 백설기
천 점 만 점
쌓여만 간다

그렇게 온통
육각의 표창들을
토해 놓고도
하늘은
별들의 추신(追伸)마저
보내려고
남아 있는 눈송이
도솔천에
쏟아 붓는다

종소리 울려 퍼지고
침묵만이 울려 퍼지고
개처럼 뛰어 노는
종대만이
폭설의 선운사 대웅보전(大雄寶殿)
앞마당의 고요를
깨뜨리고 있다

멀리서 주지스님,
철없는 유발 상좌를
봄날
뙤약볕의 어미 닭처럼
쪼아 보고 있다

군산역(群山驛)에서

서울행 표를 끊고
창가에 앉았다
듬성듬성
사람들로
빈자리가 채워진다
십 년 전이나
십 년 후나
우리네 삶이
뭐 그리
달라질 것이 있는가
아이들이 자라고
어른은 늙어가고
상처는 아물고

새살은 돋고
살아온 흔적은
켜켜이 쌓이고
남겨진 날들이
눈앞에 아득히
펼쳐져 있다

기차가 미끄러지듯
흔들리고
코스모스에
가을비가 떨어진다

친구

친구를 갖는다는 것은
또 하나의
삶을 얻는다는 것과 같다
친구는 사랑하는
연인보다 더 큰 반려자이며
서로 "쉬벌놈" "똧같은 놈"이라 다퉈도
그때뿐이며,
뒤돌아서면 그리워하는 것이
진정한 친구다

친구는 비밀스러운 서로의
애증이자, 보물인 것이다

가을

물봉선이 골짜기에 피었다
여뀌도 말없이 피었다
녹슨 자전거 한 대
가을 코스모스 길을 달린다
무더기로 흔들리는 코스모스 무덤은
외롭고 아름다운 가을이거니,
딱
머무를 수만 있다면 좋으리

갈 가을이여
붉은 적막이여

그날이 오면

남과 북이 하나가 된다면
고구려, 백제, 신라가 하나가 된다면
진짜 제대로 한번 웃고 싶다
진짜 제대로 한번 목 놓아 울고 싶다

깨 터는 노인

억새풀 춤을 추는
한강변에 깻잎을 터는
노인을 보았습니다

바스락거리는 깻대와
알알이 웅웅거리는 깨알들이
몸을 비비며 떨어져 나가
이별을 하는 순간입니다

쇠락의 하나와
결실의 둘은
서로 나누어지고
노인은 엄숙한 표정으로
깨를 털어냈습니다

간간히 추리닝을 입고
달리기를 하는 사람들 뿐
뚝방길은 고요한 긴 연못
같았습니다

가을입니다

저녁 무렵,
떨어져 내리는
사양(斜陽)에
금빛가루는 부서져
물위에 떠 있고
원근(遠近)의 긴 행렬처럼
물살은 노인을 비추고 있습니다
아무도 말하는 사람이 없어도
깨를 터는 노인은
물봉선 너머에
노란 들국화 속에 갇혀 버렸습니다
한 폭의 그림은 가을 속에
어룽거리며 조용히
잠들어갑니다

가을도 왔다가 갈 것입니다

유언

훗날 우리가 죽어
다시 만난다면,
별처럼 살아가야지
그리움도 묻어야지
추억은 켜놓은 채
고이 잠들어야지
그래야 유언 답지

나무

늙어 아름다운 것은 너밖에 없다
늙어 고고한 것은 너밖에 없다
봄, 여름, 가을, 그리고 겨울
우주(宇宙) 어느 곳이라도
피었다 지는 모든 꽃들은
질 때는 초라한 뒷모습으로
사위어 갈 뿐이다.

늙어 아름다운 것은 오직 너밖에 없다
늙어 장엄한 것은 오직 너밖에 없다
배워라
새털같이 가벼운 인간들이여
언제나 그 자리에 서 있는 나무를 보라
떠나지 않고 서 있는 겸손한 은자(隱者)를 보라

불면증

밤 열한 시 쯤 잠을 취해
깨어보니
밤 한 시 사십 분이다
화장실 물을 내리고
다시 잠을 청해야 한다
문득,
임종(臨終)을 보지 못한
어머니가 생각난다
막내아들을 찾았다는데,
알량한 일을 한다고
마지막 모습을 못 봤다
잠 못 드는 밤,
다시 눈을 감아보며
조용히 불러본다

어머니
지독한
가난 속의 나의 어머니

개도둑에게 장미꽃을

일요일 아침,
후배의 문자를 받았다
강원도 인제 해발 500미터
언저리에 산사람으로
살아가는 후배 P에게
온 문자였다
보름 전, 막 젖 떨어진
강아지 두 마리를
갖다 줬는데
그 예쁜 것들이
사라졌다는 문자였다
분명코 누군가의
손이 탔다는 내용이었다

산사람으로 살아가는
후배의 고적함을
달래주기위해 강아지 한 쌍이
라면박스에 실렸고
신문쟁이 친구와 나는
강원도까지 떠나게 된 것이었다
산타페 뒷좌석에는 남양주 외곽의 지인으로부터
분양받은 진돗개 같은

강아지 두 마리가 초롱초롱
눈을 굴리며 낯선 임지로
발령 난 신입사원처럼
호기심 반, 두려움 반으로
궐련때기에 몸을 싣고
가끔씩 고갤 내밀고 밖을 살폈다
우리는 미리 수컷은 사랑이로, 암컷은 별이라고
이름 지으며,
오월의 신록 속으로 잠수함처럼 미끄러지듯 항해를 했었다
진도견 수컷과, 리트리버 잡종견 사이에서 태어난
아홉 마리 중 두 마리가 선택받아 떠나는 운명이었다
불과 보름 전 일이었다
군인들의 소행인지, 등산객의 욕심인지,
앙증맞은 사랑이와 별이는 사라졌고
마약탐지견이라고 주장하는
집 나갔다가 개고생만 하고
돌아온 잡종견 '까미'만 홀로
울고 있다는 내용이었다
새로운 예쁜 동생들의 출현을
누구보다도 기뻐한 것은
까미였으리라

후배 P의 상심을 달래고자
남겨진 까미의 외로움을 어루만지고자
나는 또 한 번의 분양을 받아 떠나고자 한다
두 번째 반복된 선물이
오지의 그들에게 기쁨이라면
오늘 깜짝 선물이 의미 있는 추억이 되리라
오월의 달큰한 대기에 초록으로 짙어가는 신록은
바라만 봐도 기분이 좋다
장미꽃 넝쿨과 불두화가 바람에 흔들린다
뒷좌석에 실린
같은 이름의 사랑이와 별이는
천진난만하게 나대고 있다
개도둑이 설치는 세상에도
사랑이와 별이의 꽃씨 하나
심으러 떠나는 것이리라

아카시아 꽃향기가 너무 달콤해
뒷좌석 유리문을 살짝이 내렸다
사랑이와 별이도
향긋한 냄새를 나누어 주고 싶다

춘천고속도로변 가평휴게소에
차는 잠시 멈췄고
하늘의 뭉게구름을 손으로 붙잡고
거기에 글씨를 새겨본다

'이 땅의 살아있는 우울한 영혼들아
상처 입은 세상(世上)의 내밀한 아픔들아
도파민의 잔잔한 평형수를 채워보라
작은 출렁거림의 수은 같은 평형수를
가득 채워보라
개도둑이 득실거리는 이 지옥의 문턱에
맑은 성수(聖水)로 씻어내어 보라
바람에 춤추듯 흔들리는 5월의 넝쿨장미를 보라
거기엔 그저 촉촉한 꽃비만 내릴 뿐이다'

기억속의 재상이를 보내며

2015년 6월 28일,
한밤중 카톡 문자가 왔다.
나나무스꾸리의 하얀 손수건
그 노래가 꼭 듣고 싶다며 원곡을 보내달라는 재상이의 문
자였다.
젊은 날, 늘 부르던 투엔 폴리오의 하얀 손수건은 송창식
의 번안곡이었고
원곡은 그리스 아테네 출신의 이오안나 무스꾸리의 노래다.
내가 갖고 있는 MP3를 찾아 그에게 전달한 것은 밤 12시
가 막 지나가고 있었다.
여름 어느 날, 일요일 아침
그는 음습한 방에서 쭈그리고 쓰러져 가슴을 쥐어짜는 통
증에 손을 뻗어 외쳤다.
침대 주변에는 둥근 기타와 만돌린이 널브러져 있었고, 죽
어가는 재상이를 그의 아내와, 장성한 두 아들은 영문도
모르게 바라볼 뿐이었다.
그의 동생의 말에 의하면, 그날 생일이어서 맛난 음식을
좀 많이 먹었고,
그 이후
속이 막혀 안 좋다고 호소했으며 창백하게 새우등처럼 구
부리고 누운 상태로 죽음의 문을 가고 있었다.
간호사 출신의 부인을 둔 그는 엄지손톱을 실로 묶어 바늘

로 따 죽은 피를 빼내는 것이 마지막 처방이었다.

발버둥치는 환자를 낡은 차에 실어 이리저리 헤맨 후 찾아간 곳은 경기도 외곽의 남루한 병원이었고 한 시간 넘게 응급실 구석에서 방치되어 죽고 싶다는 말을 남기고 그는 영영 세상을 떠나버렸다.

6월 29일 정오쯤 친구 P의 다급한 전화가 왔다.

재상이가 운명을 달리했다는 내용이다.

다음날 만나자던 재상이가 가다니…….

믿기지 않는 전화였다.

재상이와 나 그리고 K와 P는, 젊은 날 성대 뒷산에서 만나 불확실한 미래를 걱정하던 4총사였다.

30년이 흘렀어도 변함없는 우정이었고 시대의 아픔과 고뇌를 같이 하던 벗들이다.

문상을 앞두고 새벽녘 K의 문자가 왔다.

재상이가 마지막 듣고 싶어 했다는 하얀 손수건의 원곡은 불어에서 영어로 다시 번안이 되었고 원곡의 뜻은 송창식의 하얀 손수건과는 판이하게 다르다는 내용이었다.

놀라운 내용이었다.

그는 자기의 마지막을 나에게 전하려 한 것인가.

소나무 언덕에서

하얀 손수건을 흔들며
나는 너를 떠나보내고 있네

교회로 돌아와서
나는 너를 위해 기도한다

잠시 우리의 삶 속에서
불을 밝혔지만
이제는 영영
꺼져버렸네

나는 잠시 눈을 감고
너에 대해 꿈을 꿔본다

지금쯤 너는 슬퍼하고 있겠지
한마디 말도 못하고
외로운 섬 위에서
정처 없이 떠도는 새처럼

나의 비밀스럽던
영혼의 동반자였던 너를
나의 별이었던 너를
그러나 아주 멀리
떠나보내지는 않으리

다음 여름이 올 때
내 손에 주어진
조개껍질처럼
다시 너를 만나리라

2016년 5월 8일 어버이날,

P와 나는 재상이의 어머니집을 찾았다.

붉은 카네이션 두 개를 안고 그의 어매를 찾은 것이다.

싱싱한 카네이션을 찾아 군포의 낯모르는 꽃가게 몇 군데를 헤맸지만 시든 카네이션뿐이었다.

연립주택 문을 여는 순간 악취가 진동했고 쓰레기 더미는 발을 뗄 수 없이 우리의 걸음을 막았다.

오래된 참치 통조림이 뒹굴고 있었고 담근 술의 둥근 병에는 뿌옇게 먼지가 끼어 있었다.

재상이의 집안은 독실한 개신교 기독교 집안이었다.

아버지는 목사이시고 재상이도 목사 안수를 받았다.

그는 유난히 하얀 피부와 맑은 눈을 가졌고 불문학을 전공한 젠틀한 사내였다.

윤기 있는 묵직한 저음과 맑고 푸른빛의 눈동자는 늘 연민과 사랑을 담아 슬프게 바라보는 사슴 같았다.

검고 맑은 눈동자는 모든 것을 수용하고 받아들이는 영원으로의 응시 같은, 깊은 고뇌의 느낌을 자아냈었다.

벽에 붙어있는 재상이의 웃는 모습의 사진을 보고 이제는 재상이를 보내주려 한다.

잘 가거라. 부디 편히 영면하여라.

숲속의 시

숲속에 시를 쓰러 왔다
숲속에 와야 시가 나올 것
같아
아무도 없는 이곳에 왔다
쪽동백나무 그늘 아래에
누워 푸른 잎을 바라본다
눈송이처럼 떨어진 꽃비 사
이로
층층나무가 계곡에 가지를
켜켜이 늘어뜨리고
고비처럼 구부러진 개고사
리가
못 부친 편지처럼 돌돌돌
피어 있는데
시가 무덤 곁에서
햇빛에 섞이어 눈이 부시다

종이 위에 시를 써서 무엇
하는가
숲에 씌워진 게 시인가
숲에 버려진 게 시인가
진정코
껴안아야 할 것들과
버려야 할 것들을
숲에 누워 사유해 본다
초하(初夏)의 하늘과 땅
얼마나 아름다운가
시계초침 같은 고요가
푸른 제복을 입고
성큼성큼 걸어 와
전두엽을 어르고 핥으며
좀벌레처럼 스멀스멀
시간을 갉아 먹는다

시는 써지지 않고
세월은 계곡의 물을 따라
어디론지 흘러
죽어 가는데
멀리서 뻐꾸기 소리
바람 타고 들려온다
한낮의 평화로운 오후,
숲속의 시는 없었다
새도 바위도 나무도
꽃도 시가 아니었다
헝클어진 머리카락은
빗으로 빗은 듯이
아기처럼 잠을 자고
숲속의 시는 가지런한
정돈된 마음으로 남아 있다
나무 사이로 부는 바람은

별리(別離)의 아픔으로 사위
어 간다
숲속에는 시가 없었다

바람은 이미 테베의 강을 건
너가고
나는 여전히 숲속에 남아
있다
숲속에 간 마음이 시였다

이모네 집 식당

칠십은 넘었으리라.

그녀가 홀로 「이모네 집」 간판을 내걸고 국밥집을 한 지도
사십 년이 넘었다.

그녀 나이 스물아홉에 남편은 자식 둘을 남겨 놓은 채
시름시름 앓다가 죽은 이(蟲)처럼 하얗게 떠나갔다고 했다.

「이모네 집」 진객의 음식은 고구마 순 김치를 시쿰하게 넣고
고추장과 고소한 참기름에 비벼먹는 보리밥이다.

그 보리밥의 찰떡궁합은 쫑쫑쫑 썬 매운 청양고추와 누런
황색이 젓갈*이고 기름에 튀겨 나오는 깡치*는 머리부터
통째로 먹는 이모네 집의 또 다른 별미였다.

여느 때와 같이 그날도 내 친구는 늦은 시간 야식으로 그
걸 먹기 위해 이모네 집을 들렀단다.

식사를 끝낸 내 친구의 전화 한통이 걸작이었다.

"어이! 졸라 웃기는 짬뽕이네. 이모가 칠십이 넘어도 여자
는 여자인가 봐!

정화조 일을 하는 늙은이와 동네 허드렛일 하는 영감태기
가 소주잔 기울이고 싱거운 소리로 수작을 부리며 농(弄)치
고 이모를 차지하기 위해 옆 테이블에서 니 꺼네 내 꺼네
하고 치열하게 싸운다"는 얘기였다.

늙어도 남자는 남자고 늙어도 여자는 여자인가?

풍신 나고, 깔밋하지 못한 주근깨가 파리똥처럼 내려앉은

칠십이 넘은 국밥집 할머니에게도 나방들은 달려들고
있었고
도마 위에 놓인 단물이 빠진 단무지는
그날따라 애꿎은 난도질만 당하고 있었다.
희미한 백열등 주위에는 물컷들이 윙윙거려 날았고
살림방 구석 한쪽에는 담요를 돌돌 말고 곤하게 자고
있는 손녀딸의 얼굴에는 간간히 파리가 붙었다 떨어졌다
날아다니고 있었다.

*황색이 젓갈: 황석어젓
*깡치: 조기새끼

눈 오는 밤

눈이 온다 하여,
밤새 창문을 열고
밖을 살핀다
서늘한 바람
얼굴을 문대고 들어온다

아
얼마나 기다리던
눈이던가
눈이 온다
아
드디어 함박눈 쏟아진다

북악스카이웨이
구부러진 길모퉁이에도
북한산 정상에도
함박눈은 펑펑 쏟아진다

게으른 주인 만나
지하주차장에 들어가지 못한
차량들도
봄을 기다리는 꽃나무들도
흠뻑 눈을 맞는다

눈을 감고 눈을 본다
호남선 전라선 산야를 달려
평야를 달려
화물차의 시커먼 바퀴에도
밤새 눈이 내리는가
그리운 내 고향
김제 옥구 군산
그곳에도
함박눈은 쏟아져 내리는가

막걸리 한 잔 따르며
한밤중 눈을 본다
어둠이 걷힌
내일이여 어서 오라
세상에 더럽혀지지 않은
발길이 닿지 않은
설산(雪山)에 가련다
간절함과
사무침을 아는
딱 한 친구와 같이
등산화 끈을 조여
갈아 신고서

뽀드득 뽀드득
아이처럼 뛰어 가련다

더럽혀진 마음을
씻으며 노래하리라
순백의 마음 찾으려
소년이 되어
떠나가련다

선운사 동백에게

대웅보전(大雄寶殿) 뒤란에
요정이 붉은 모자를 썼다
엊그제 꽃대를 호명하며
성성하더니
급기야
성급히 꽃 모자 쓰고
어디로 가려는가

홀로 보기 안타까워
님과 함께 보려는데
속절없이 웃고 있는
너는 이 내 마음
아는가 모르는가

꽃샘바람 불 때마다
촛불이 꺼질까
꽃 모자가 떨어질까
노심초사(勞心焦思)
발걸음만 동동거리나

동박새야,

꽃 모자 흔들흔들
사뿐히 앉았다만
가거라
지저귐도 사근사근
호르르 호르르
노래 불러라

대웅보전 풍경소리
바람에 찰랑거려도
굵은 눈물 후드득 떨어져도
꽃망울 같은 눈동자에
수정 같은 눈물만은
지우지 마라
선운사 요정이여
그대는
수줍은 신부로 와서
꽃요정이 되었거니,
해마다
너를 찾는 길손에게
참회의 눈물만
닦아 주는
춤꾼이 되어라

서럽게 지는
온 세상 중생의
희망으로
치마폭 흥겹게 나부끼리라

김재규 묘지에서

바람 없는 천지에
꽃이 피겠나
경기도 광주 오포면 삼성공원
눈 덮인 산꼭대기
북풍 맞은 비탈 언저리
그를 찾은 날
하늘은 유난히 푸르다
의사 열사 새겨진
비석의 글씨는
쇠 정으로 쪼아
흔적조차 희미하다
죽은 망자(亡子)의 가슴에
누군가 쇠못을 박아 놓았다

훗날,
재평가 받을 날 있을까나
궐련에 불 붙여주고
막걸리 두 손 모아 따르고
엎드려 절하니
눈보라가 창공에 나부낀다
찾아줘서 고마웠던가
하산 길 눈밭에 삐죽이
지전 한 잎이 차비하라고
박혀 있다
뒤돌아보니 묘지 위엔
쓸쓸하게 그가 앉아
손을 흔들고 있다

설날이라는 이유로

구정이라고
민족의 대이동이라고
분주하고 혼잡하다

어떤 이는
산더미 같은 선물을 안고
신호등을 기다리고
어떤 이는 검은 봉다리에
달랑 조기새끼 두어 마리
바람에 흔들려 서성대고 있다
봉다리에 매달린
깡치 같은 조기새끼
희멀건 눈동자가
창백하다

설날이라는 이유로
또 한 번의 북새통으로
밀물과 썰물의 아픔을
헹구어 짜내려 한다
그 흔한 선물 하나
보내지도 받지도 못한

비루한 인생조차도
슬퍼할 겨를도 없이
까닭 없이 맞이하는 것이다
설날이라는 이유만으로
기쁨과 슬픔과
반가움과 쓸쓸함으로
바람 부는 것이다

나이가 들면서
더욱,
흔들리는 설날이라는 것이
푸른 별빛 아래
무겁게
내려오고 있다

4

눈 내리는 밤

눈 내리는 밤에는
떨어지는 눈송이만큼의
아픔도 잠들어 울면 좋으리

눈 내리는 밤에는

눈 내리는 밤

눈 내리는 밤에는
술을 마시자
그것도 깨복쟁이 동무라면
좋으리
허름한 주막에
돼지고기 비계 넣은
따끈한 김치찌개면 좋으리

눈 내리는 밤에는
술을 마시자
그것도 선술집이라면
좋으리
싸구려 선술집에
조금 못난 놈들끼리
동태찌개 자작자작
끓여 노래 부르면 좋으리

눈 내리는 밤에는
허물없는 친구끼리
니 주옥(珠玉) 내 주옥(珠玉)
음흉하게 막말하면서
노란 냄비에 섞어 저으며
허튼소리 떠먹어도 좋으리

그렇게 젓가락도
두들기고
술렁거리는
아픔도 다독이며
술시(戌時)에 술 먹고
해시(亥時)에 해롱대다가
자시(子時)에 자면 좋으리

눈 내리는 밤에는
떨어지는 눈송이만큼의
아픔도 잠들어 울면 좋으리

눈 내리는 밤에는

첫눈

첫눈이 내리네요
하얀 그리움이 내리네요

첫눈이 내리네요
반짝이는 면사포로
살포시 걸어오네요

아직도 이별조차
갈무리 못한
망초 꽃은 언덕에 흔들리
건만
계란처럼 노란눈망울 글썽
이건만

첫눈이 내리네요
떠나간 님 그리워
손을 흔들어도
첫눈은 편지 한 통
쓰지 않고
예고 없이
오고 있네요

순결한 사랑의 고백
하얗게 나부낄 때면
빨간 동백꽃 한 송이
설핏 떨어지네요

무명초

숲속의 향기를 따라
산길을 걷다가 진원지를 찾았다
수국을 닮았으나, 수국도 불두화도 아닌
첨 보는 나무와 꽃이다
코를 찌르는 달콤함은
백합과 라일락을 닮았다
간간히 바람이 불어
내 몸통을 계란말이 하듯 에워싼다
이 행복, 이 미소로만
살아간다면 얼마나 행복하겠는가
인적 없는 이름 모를 꽃은
밤 깊어도 호올로 뽐내리라
저 향기 모두에게 나눠 줄 수 있다면
모든 사람들이 맡을 수만 있다면
저 향기 남겨두고
숲속의 산길을
내려가기 아깝구나

세상에는
이름도 모르는 향기가 있었다
찾아오지 않으면 모르는
피는 꽃 지는 꽃이 있었다

관계

산 너머 걸려있는 무지개처럼
사람과 사람의 관계는
너무 다가간다면,
신기루처럼
그 무지개가 사라져 버리는 것
워즈워드의 무지개가 되기도 하리라
관계라는 놈이 집착이 되어서는 안 되듯이
상처가 아닌 사랑만이
관계의 간격이라는 것을 유지하리라
남녀 사이도
친구 사이도
우린
모두의 간격으로 살아갈 뿐
빈 배처럼 살아가는 것

파도에게 보낸다

하늘이 무너지는 꿈을 꿨다
천붕(天崩)이었다
천 길 낭떠러지로 떨어졌다
대한민국이 굴러 떨어졌다

이제
더럽혀진 대한민국은
깨끗하게 헹궈야 하리라
걸레가 되어
너덜너덜한 심장을
꺼내어 바닷물에
씻어야 하리니
지난 밤 선무당이
함부로 갈겨 놓은 똥
더러워서 치워야 하리라
각혈의 피를 토해 내서라도
분노의 파도에
떠나보내야 하리니
뼈를 깎고 다듬어
치워야 하리라
하여

날숨과 들숨으로
걸러내어
다시 일으켜 세워야 하리라

파도야 미안쿠나
단군 이래
경술국치(庚戌國恥)보다 치욕인
오늘의 사태에
해가 뜨고 이슬이 내리면
불경스런 닭장을 싹싹 치워서
물 뿌리고
소독하여
볕 좋은 절집 뜨락처럼
말리고 핥아
고요히 별이
쏟아지게 하리라

갓공련

꿈속의 숲을 걸었습니다
이정표에는 갓공련이라는
팻말이 붙어있는
낯선 공원이었습니다

온통 꽃물이 환희로
소리쳤고 거리의 사람들도
행복한 걸음걸이였습니다

살랑거리는 미풍에
연보라색 치마가 흔들렸고
모두가 행복한 소름 돋음이었죠

꿈 속 꽃잎 휘날리고
누가 와서 흔들어도
깨지 않으렵니다
오래토록 꿈속의 길을
하냥 걸으렵니다

인간선경(人間仙境)
갓공련 그곳은 천국이었습니다

방향이라는 것

넝쿨식물 중
박주가리, 인동초, 등나무
이런 것들은 시계방향으로
감아올린다

메꽃, 칡, 나팔꽃 이런 것들은
시계반대방향으로
감아올린다

삼라만상(森羅萬象), 우주만물(宇宙萬物)
천지의 모든 것들
누가 만들었던가
공부할 것이 무궁무진하다

오늘 밤도
별을 바라본다

별똥별 하나가
휘익 금을 긋는다
가을이 떨어졌다

산다는 것

우리는 어디에서 와서,
어떻게 살아가며,
어디로 갈 것인가
별을 보며 골똘해진다
우리네들의 사랑이
저 허공에 반짝일 수 있다면
상처가 된 그리움조차
눈부시게 아름답다면
사라지는 모든 것들이
편히 잠들 수 있다면

난(蘭)

자고 일어나보니
베란다에 난(蘭)이
피워 웃고 있다

한줌 향기 주먹보자기에 싸서
그리운 님의
코끝에 대주고 싶다

난향천리(蘭香千里)
푸르른 목청으로 울려
가슴 쓰린 모든 이에게
퍼져 나눠주고 싶다

세상(世上)이
밝아지는
꿈을 꿀 때까지
말없는 나비춤들의
눈물을 거둘 때까지

애기똥풀

11월이 끝나는
갈색 언덕에서
너를 만났구나
양지꽃도 아닌
양귀비과의 작은 꽃
수줍음 보았구나
5월에 피고 지고
11월까지 피어나
까치다리 씨아똥
노오란 물개 똥으로
그 향기 애기똥풀
청초한 웃음이구나

그래 아가야
아장아장 걸어라
그 미소로 살아가거라
들풀처럼 흔들흔들
살아가려무나
풀잎 하나
꽃잎 하나
소중히 노래 불러라

시골 점빵

저마다의 삶이
잠깐 쉬었다가 가는 곳
낯선 이방인이 빼꼼이
길을 묻다가 가는 곳
가을비가 스멀스멀
을씨년스럽게 내리는 곳
옴서 감서
필요한 것을 사고 가는 곳
정겹고도 쓸쓸한 아련한 곳
카드결재가 잘 안 되는
먼지 쌓인 남루한 그 곳

길고 긴 겨울밤,
함박눈 내려도 언제나
마른 기침소리가 나는 곳

그 곳에 가고 싶다
변덕 없는 작은 이야기가
숨 쉬는 그 곳에 눕고 싶다

달맞이꽃

강원도 양양 오지에서
새벽 달맞이꽃을 만났다
비 내리는 논밭을 걷다가
낯선 곳에서 너를 만났다

모두가 잠든 설익은 새벽
일행들을 깨울세라
까치발로 걸어서
너에게로 왔다

농수로 사이에 서서
누군가를 기다려 온
노오란 꽃 너를 만난 것이다

수많은 날,
빗길 사이로 눈물을 흘리며
피어난 가냘픈 존재였으랴

너를 닮은 나를 본다
나를 닮은 너를 본다
남 위해 뿜어대는 향기
너는 진정, 사랑이다
나는 진정, 기쁨이다

한가위

동산에 오르면
그리운 사람 보일 것 같아
까치발 딛고 서서
하늘을 본다

보름달은 소원을 담아
그대에게 가는데
소나무에 걸린 둥근 얼굴은
아들 그리는 어매였는가

순이의 추억 1

어릴 적 기억 속에
순이가 있다

그 아이가
예닐곱 되던 어느 날,
순이의 출현에
반가움은 잠시
우리 집 토끼는
죽음의 서곡이
드리워졌다
하얀 옷에
붉은 자마노원석 같은
토끼의 눈에
싱글벙글 접근한
그녀는
공사 중인
다라이의 시멘트를
토끼눈에
듬뿍 발랐다

모두가 놀랐고
순이만이 손뼉 치며

웃었다
그로부터 얼마 후
눈이 먼
토끼는
두 눈이 곪아
앞을 보지 못했고
시들시들 앓다가
더 이상
아카시아 잎을
먹지 못하고
잠을 자듯
꿈을 꾸듯
나에게
눈 먼 토끼의 죽음만 남겼다

순이 2

순이는
날 때부터 모자란 아이로
태어났다
얼굴 그럭저럭 예뻤다

지능이 5세 정도 순이가
열아홉인가 되었다

아파트 칠십이 넘은
탐욕의 늙은 경비놈
순이를 불렀다

단돈 천 원 쥐어주고
새우깡 한 봉지 사줬다

세상물정 침침한
순이라는 아이
침 질질 흘리고
늙은 경비 따라다니며
좋아라 했다

대낮,
경비실에서
열아홉 살 순이를 욕보였다

보험 외판원 어머니는
생리가 없어진
부족한 딸을 보며
고개 갸웃했다

경비 영감태기가
새우깡 사 준
5개월 뒤였다

순이가 시집가던 날 3

순이가 시집가기 전날
한과며 전이며 떡이며
온갖,
참기름, 들기름, 조청냄새 달큰했다
음식 만들던
부송동 아파트 아지매들
남 애기 좋아하며 짓궂게
물었다
시집가는 게 좋으냐고
순이는
두 손을 비비꼬며
머리를 주억거렸다
깨 벗고 잠 잘 수 있는 게
좋다고 했다
발정 난 암말처럼
히이힝 히이힝
좋아라 했다
음식 준비하던 시골 아낙들
먹던 밥알이 튀어나와도
손뼉 치며 웃었다

순이 4

순이가 시집을 갔다
전라북도 익산시 삼기면 기
산리
서른다섯 총각에게
스물다섯 먹어
시집을 갔다

바보 천치를 시집보낸다며
순이 엄마가 입방아에
올랐다

남 말하기 좋아하는
부송동 아지매들
순이 엄마가
신랑 측 애비에게
오백만 원 뒷돈 받아
딸 팔아 먹었다고
쑤군대며 떠들어 댔다

그러거나 말거나,
순이는
하품하듯 크게 웃고

침 흘리며
좋아라 했다

그 후,
정확히 5년하고도
한 달 뒤,
순이 신랑의
부고(訃告)가 날아 왔다

순이 나이
서른 살

순이 신랑
마흔 살

신랑이 죽던 날
순이는
머리에 꽃 꼽고
침 질질 흘리고
똥인지 된장인지
알 수 없이 흥겨웠다

기산면 석수장이

155

순이 신랑
돌 깎다가
앉은 채로 죽었다

동료 석수장이
울먹이며 얘기했다

어깨 살짝
두드리니 나무기둥
쓰러지듯
쿵 하고
자빠졌다
그 길로
순이 신랑 황천(荒天) 갔다

순이 엄마
사위 장례 치르고
석수장이가 남겨 놓은
순이의 두 딸년을
무릎 위에 두고
대성통곡 울부짖었다

순이의 재혼 5

석수장이 신랑이
가버린 지
몇 년 뒤,

이리시 남중동에
한약방을 하는
꼽추 늙은이가
순이 어매에게
딸을 달라 요구했다

선보러 가는 날
순이는
소프라노 새 각시처럼
좋아 날뛰었다

남중동 재래시장
건어물가게에서
수리미 한 축과
곶감 한 꾸러미를
사들고
연신
흐흥흐흥
좋아라 했다

한약방 영감탱이는
순이에게 음흉한
웃음 보내며
순이 엄마 다독였고
두툼한 봉투
건네주며
거만한 자태
뽐냈다

이제
순이 신랑이 된
늙은 영감탱이는
순이 엄마보다도
다섯 살이 더
많은
새신랑이 되었다

하늘은 여전히
쾌청했고
세월은 유수처럼
달려갔다

정확히
3년 뒤
한약방 새신랑의
부고(訃告)가
또다시
날아왔다

밤비 내리는 창가에 서서

장미꽃 한 다발을 사서 꽃병에 꽂았다
꽃피우기도 전 가버린 사람들 위해
나만의 의식이다
비 오는 밤
봄비 오는 늦은 밤
어둠속으로 걸어오는 외로움인가
세월호로 할퀸 수많은 영혼들
이제는 거울 앞에서 서로를 돌아보아야 하리
물고기 물을 갈아주고
꽃병의 물도 채우고
밀린 청소도 해야 하리
고개 숙여
더욱 겸손해져야 하리
산사에 단조로운 선방의 침묵처럼 이제는 추슬러
새로운 일을 찾아야 하리
비단실로 상처를 깁고
다시 태어나는 부활의 새싹 틔워
기도해야 하리
밤비 내려라
꽃비로 내려라

울 어매

성남 상대원동으로 이사와 살던
어느 날인가
학교에 갔다가 집에 돌아오니
불콰하게 취한
아버지는 술을 따르며
종이쪼가리 하나를 내민다
어머니가 교통사고로
입원해있다는 것이다
허겁지겁 달려간 곳은
무슨 성모 자가 붙은
개인의원이었다
수액 뽈대에는
덩그러니 링거가 매달려 있고
머리에는 피가 묻은 거즈가 둘둘 말아져
허연 얼굴의 울 어매가
창백하게 누워있었다
자식들을 위해 기도하러
성당에 가다가 자전거에
받힌 것이다

복도 끝에서 엉거주춤
서 있던 남루한 청년이

들어와 연신 읍소를 하며
죄송하다는 말을 한다
오늘, 사고를 낸 가해자였다
여차여차 얘기를 들어보니
내리막길에서 브레이크가
시원찮아 충돌했고
그로인하여 울 어매의 머리가
깨져 심한 타박상을 입혔다는
뭐 그러한 얘기였다
머리를 주억거리며 눈치를
살피는 그는
가죽지갑을 만드는
미싱공이었다
사연을 들어보니 그는
부모가 아파 누워있고
여섯 식구가 풀칠하기도
버거운 극빈 가장으로
치료비도 낼 수 없는
가련한 형편이었다

지지리도 복이 없어
사고가 나도 통통한 놈에게 받히지 않고

가을 수확에 흉년의 보리죽정이 같은 놈한테
사고가 났다며
치료비 받기는 이미
글러먹었다고,
낮술을 먹고 한숨을 쉬던
아버지의 얘기가 불현듯
스쳐지나간다

2주 진단이 나왔지만
치료비 한 푼 받을 길 없는
울 어매는 결국 5일째
되는 날인가 집으로
가겠노라 고집을 펴
항생제와 소염제 몇 알을
처방받고 피떡이 된
머리를 드레싱으로 닦고
그 곳 성모의원을
빠져나와 집으로 왔다
오자마자 환자의 몸으로
성부와 성자와 성신의 이름으로
성호를 긋던
어머니 옆에서

예수 십자가 뼉다구가 밥 먹여
주느냐고 힐책하며 어깃장 부리던
아버지의 음성이 아직도 환청으로
울리고 있다

가난을 안고 살던
벌써 35년 전 일이다

퇴원 후, 일주일이 되었던가
사고를 낸 허름한 차림의 그가 나타나
박카스 한 통과
검은 비니루에 싼 물건을
놓고 죄송하다를 연발하며
돌아갔다
봉지에는 그가 만든
검은색의 작은 미니지갑
몇 개가 들어 있었다
가난한 것이 죄였다
치료비 한 푼 받지 못했지만
그는 이미 그것으로 용서를
받았으리라

내가 복을 받아 밥이라도 먹고살고
사람 구실하는 것은
그때 울 어매의 가난한 자를 바라보는
용서였으리라

문득 류달영의
"슬픔에 관하여"가 생각난다
슬픔이야말로 참으로 인간으로 하여금
영혼을 정화(淨化)하고
높고 맑은 세계를 창조하는
힘이 아닌가 생각된다
세상 살아가는 일이
고단하고 슬픈 일이
어디 한두 가지랴
내가 손해를 보더라도
너그럽게 용서하는
울 어매의 사랑이
오늘의 나를 만든 것이다

초보운전

초보인데,
아기가 있어요

게다가
오늘 첨 나왔어요

죽음에 이르는 우리의 표현(表現)

갔다 개죽음했다 객사했다 검시했다 고생 면했다 곡기 끊
었다 곡성 터졌다
골로 갔다 과로사 했다 관에다 못 박았다 교수대 갔다 굳
었다 굶어 죽었다
극락 갔다 깨 팔러 갔다 꺼꾸러졌다 꺼졌다 꼴까닥했다 꿱
했다 끝났다 눈 감았다
눈깔 빠졌다 능지처참 당했다 단두대에 짤렸다 돌아가셨다
돌연사 했다 뒈졌다
되(뒈)졌다 땅 한 평 차지했다 떼죽음 했다 맛 갔다 맞아 죽
었다 매몰사하다
멱땄다 멸도하다 명을 다했다 명줄 놨다 모가지 떨어졌다
모가지 짤렸다
목매달았다 몰상 당하다 몽달귀신 됐다 묻었다 미망인 됐
다 밥수꾸락 놨다
별세했다 병사했다 복상사했다 북망산천 떠났다 분신사 했
다 불 꺼진 난로다
비명에 갔다 뻗었다 사망신고 했다 사망진단서 뗐다 사망
했다 사살 당했다
사약 먹었다 사위어 갔다 사잿밥 놨다 생과부 늘었다 생과
부 됐다 생이 짰다
서거했다 소천 했다 소풍 끝냈다 송장 쳐야겠다 송장됐다

순국했다 순직했다

숨꾸녁 땄다 숨넘어갔다 숨을 거뒀다 숨이 끊어졌다 숨졌
다 숨통 막혔다 승천했다

승하하셨다 시상 떴다 시상 베랬다 시상 하직했다 실족사
했다 심장마비다

아들놈이 상주됐다 아사했다 아주 갔다 압사했다 열반에
들다 염라국에 갔다

염라대왕이 불러 갔다 영안실 갔다 영영 갔다 영원에 살다
오사(오살)하다

요단강 건넜다 운명을 달리 했다 운명했다 유탄에 맞아 죽
다 육실(육시)하다

의사하다 이승 떴다 이승 하직했다 익사했다 임종했다 입
멸하다 입연하다

입적하다 입정하다 자결했다 자살했다 자연사했다 자진하
다 작고하다 저승 갔다

저승사자가 잡어 갔다 적화하다 전사했다 절명했다 제 명
다했다 족빡 깨졌다

죽었다 즉사했다 지옥에 갔다 질식사했다 참사당하다 천
국 갔다 천당에 갔다

총살당했다 추락사했다 칠성판 짊어졌다 타계하다 하느님
이 데리고 갔다

하느님이 불러갔다 하늘나라 갔다 하세하다 하직했다 헛
죽음하다
형장의 이슬로 갔다 호적에 빨간 줄 쳤다 호흡기 뗐다 혼
떠났다 홀애비 됐다
홍대 덮었다 황천 갔다 횡사했다 Die

인간(人間)은 누구나 한 번은 죽는다
이게 문제다
죽는 것은 하나인데, 이렇게 다양하게 간다
그대는 진정 어떻게 가고 싶은가
나는 가늘고 길게 살다가 들꽃처럼 잠들고 싶다

채권석

권석이라는 놈은
참 멋있는 놈이다
화가에다가,
어부에다가,
철학자에다가,
시공을 넘나드는
유유자적 여행가에다가,
겨울철 돌미나리 같은
맛나고 차진 놈이다
전라북도 군산인가
군산여피 미면 열대자
귀퉁이에서 살다가
세월 흘러 종적 없더니
어느 날,
만성이 사는 동네
미쿡 뉴저지에 산다 하네
뉴욕의 쪼가리 윗동네에
권석이 그 놈
젊어서 간조름한
마른 명태처럼
살 없었는데

오십 넘어
홀연히 나타난
농어 배불뚝이 되었구나
비오는 날
밤배 타고
낚시를 떠나는
뉴욕의 권석이 그 놈
오늘은 그 놈 생각하며
둘 다섯의 밤배를 부르련다

문득,
장항제련소 바람이 얼굴을
문대고 지나간다

인연/채자하

어스름 걷어진 새벽
벼룩시장에서 조선에서 건너온 덤벙이를 우연히 만났다.
이슬 내려앉은 허름한 상위에서 꾸무룩커니 앉아 있는 장
군 덤벙이 놈.
반가웠고, 핏줄은 한눈에 알아보는 법이니까……
서글펐고, 오백년의 회색빛 잿더미를 패랭이처럼 여태껏 쓰
고 있었다.
안타까웠다, 여기저기 생채기가 난 채로 태어나서 도공의
망치질로 흙속에 파묻히지 않고 숨을 어떻게 이어서 머언
유형의 땅까지 흘러 왔는가.
서너 푼 구겨진 지폐로 두말없이 장군 덤벙이를 앞세우고
돌아와 한참을 서로서로 초점을 맞춘다.
그 퀴퀴한 이조 오백년 골방의 조상을 둔 죄로 유라시아로,
남지나 수마트라로, 콰이강으로, 사할린으로, 하와이로 더
러는 멕시코에서 리베라, 시께이로스의 친구로 남고 또 유
카탄 반도를 거쳐 꾸바의 체 게바라와 카스트로의 친구가
되어 혁명을 완수시키기도 했다지……
풋고추, 적상추 청상추, 쑥갓, 미나리, 참나물, 부추오이
소박이를 놓고 막걸리 한잔을 들어 마주치며 당분간이라
도 어깨 부딪치고 살자며 말없이 눈으로 들어 올리는 탁
배기 건배.

남과 북처럼 눈 흘기지 말고
늙어지다가 스르르 눈감고 고된 이생을 떠나면
그 처음 태어나던 기억의 3천6백도 뜨거운 열기에 가볍게 흩
어져도 우린 은하수 강 물 위로 흐르는 별이 되어야 한다.

도란도란 흐르는 강물이 되어야 한다.

밤눈

밤새 눈이 내렸다
온 천지가 하얗다
죽음보다 깊은 잠 마냥
온갖 거짓도 잠들어 있다

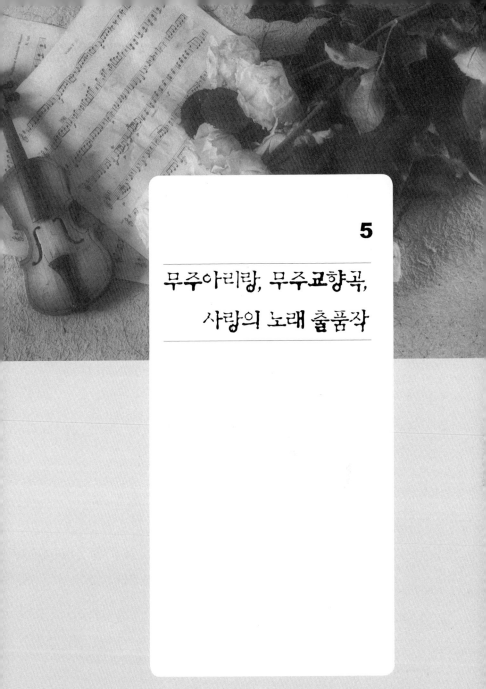

5

무주아리랑, 무주교향곡,
사랑의 노래 출품작

무주아리랑

산민우 작사 / 김대성 작곡

1절

산과들이 푸르구나 내마음도 푸르구나
구천동의 힘찬물결 흘러흘러 어딜가나
대동세계 꿈꾸는땅 한민족의 기상인가
하늘아래 살기좋은 평화의땅 무주구나

얼씨구나 절씨구나 신명나게 놀아보세
아리아리 아라리오 영원토록 사랑하리

2절

봄이오고 여름오고 가을가고 겨울와도
사람살기 좋은곳은 천하제일 무주구나
덕유산의 푸른정기 택견으로 모였구나
반딧불이 밝혀놓은 세계속의 우주인가
얼씨구나 절씨구나 신명나게 놀아보세
아리아리 아라리오 영원토록 사랑하리

무 주 아 리 랑

김 대 성 작곡 (2017)
정 진 권 작사 (2017)

*1*절

산 과들이 푸르구나 내 마음 도 푸르구나

구천동 의 힘찬물결 흘러흘러 어딜가나

대 동세계 꿈꾸는땅 한민족 의 기상인가

하 - 늘아래 살 기좋은 평 화의 땅 무주구나

얼 씨 구 나 절씨구 나 신 명 나 게 놀아보세

아 리 아 리 아라리 오 영 원토 록 사랑하리

2절

봄 이오고 여름 오-고 가 을가 고 겨울 와도

사 람살 기 좋 은곳은 천 하제 일 무주구나

덕 유산의 푸 른정기 태 권도 로 모였구나

반 - 딧불이 밝 혀놓은 세 계속 의 우주인가

얼 씨 구 나 절 씨구 나 신 명 나 게 놀 아보세

아 리 아 리 아 라 리 오 영 원토 록 사 랑하리

무주교향곡
- 제2악장

산민우 작사 / 김대성 작곡

산아 강아 보아라
산아 강아 소리쳐 보아라
하늘 아래 땅 위에 보석 같은 꽃봉오리들아
그 꽃잎은 이제 그 아픔 되고
그 꽃피는 소리 눈물이 되었나
네 향기는 타버려 그 어디로 가는가
아 너의 영혼은 별무리로 맺혔나
씨앗 뿌려 가꾼 봉오리 애지중지 가꾼 내 별들아
어둠속에 꺾어져 버린 억울함은 어이 하려는가
꽃 무덤 아래 다시 너를 만나리
부활의 깃발로 만나리
산아 강아 보아라 산아 강아
소리쳐라
못 다 피고 가버린 꽃들 보고 싶구나 눈물이로구나
보낼 수가 없구나 오직 오직 오직 부활의 꽃
다시 다시 다시 꽃 피우리라 흠

무주아리랑 제2악장은 세월호 추모곡이다

무주교향곡
- 제3악장

산민우 작사 / 김대성 작곡

지난 봄 산수유 수선화 핀 봄 언덕에
보리싹이 하나둘 오롯이 지워지고 돋아나듯이
누구나 그리움 젖어드는 가슴에도
떠났다가 돌아온 꽃무늬 그림자를 줍는다
산야의 봄날은 철쭉과 진달래 피고지고
여름날 원앙새 푸르게 날아올랐다
아름다워라 내 사랑 신비로워라 꿈이여
다시 피리라 생명아
다시 꿈꾸라 생명아
생명의 폭죽 힘차게 한줄 빛으로 날아라
엊그제 여우비 내리고 난 갈 언덕에
무지개 세수한 얼굴로 소롯이 피어났구나
누우런 갈대꽃 자늑자늑 흔들리고
나목들은 젖은 가슴에도 맑은 미소 어룬다
달빛이 고단한 인고의 날도 끝났다
모두가 돌아와 꽃으로 피는구나
아름다워라 내 사랑
신비로워라 꿈이여
다시 피리라 생명아
다시 꿈꾸라 생명아
생명의 폭죽 힘차게 한줄 빛으로 날아라

무주교향곡
– 제5악장

산민우 작사 / 김대성 작곡

그 옛날 청정하늘 바람꽃 별 하나
향기로운 무주땅에 반디 되어 앉았다오
구천동에 내려앉은 영롱한 별 하나
지새는달 숨어드는 숭어떼와 춤을 추나
산모퉁이 노래하는 산새들 모두 모였나
꽃망울 같은 울음 눈에다 달고서 왔는가
천지가 사랑스런 이곳에 어이 왔나
풍요로운 무주인가 신명나는 우주인가
아리랑 아라리오 목 놓아 불러본다 내 사랑
아리랑 아라리오 사랑노래 퍼지누나

그 누가 청정 무주를 그리워 하는가
영롱한 눈빛 모아 소리와 빛을 보는가
꽃피고 바람 불고 천지에 눈 내려도
언제나 사랑스런 희망을 노래했네
은빛 물빛 정겨운 내 사랑 내 영혼아
부서지는 강물은 노을 되어 비추는가
우뚝 솟은 봉우리 그 자리 다 놔두고
이제는 세계 속의 별이 되어 달려 가보자
아리랑 아라리오 천년의 풍광이여 무주여
아리랑 아라리오 세계로 찬란히 웅비하여라

설레임

내가 처음으로
너를 본 그 순간
은어의 그 흰빛 보았지
우아한 자태는 금빛 무지개였어

새벽이슬처럼
눈을 깜빡일 때
숨이 멎어 버렸지
온종일 그리움 싹텄지

밤과 낮에도 우아한 모습
별의 이마는 바로 너였어

고운 연보라 사랑을 했어
나의 영혼은 오로지 그대
뿐이었지

내가 처음으로
너를 본 그부터
한낮의 태양은 타올라
바람은 뜨거운 열풍 되어 버렸지

뼛속 깊이 깊이
행여 잊힐세라
숨도 쉴 수 없었지
온종일 그리움 쌓였지

너의 모습은 돋을볕 되고
나의 심장은 떨려 울었지

밤새 빈 마음 채울 길 없어
나의 설렘은 갈급한 불안
뿐이었지

길을 걷다가
잠을 자다가
꿈을 꾸어도
온통 하나였지

타버린 사랑

그대 내 사랑 그대 내 사랑
저만큼 가는 달님은 뉘인가

그대 가는 곳이 꿈결의 달인가
뜀박질해서도 잡을 수 있다면

밤새 그리워 눈물 흘렸나
눈가에 맺힌 눈물

아주 먼 길로 꿈 찾아 가나
어디로 가는가 그대

그리움 타다 향기가 되어
온몸이 멍든 내 사랑아

밤새 그대 그리워 눈물짓나
달빛 타고 사무쳐 빛나나

그대 내 사람 그대 내 사람
내 몸과 맘을 열어준 내 사람

살끝 감촉으로 숨 쉬게 한 사람
죽음이 우리를 갈라 놀 지라도

못다 핀 꽃씨 꽃무덤 하나
가슴에 묻고 가리

새벽이슬로 영롱히 남아
심장의 숨결로 남아

터질듯 밀려 파도를 닮은
사랑만 하다 꽃이 되리

달빛 타고 내 안에 쉬게 하리
바람꽃 이슬로 재우리

지나간 아픔 저편

그대가 떠난 빈자리
텅 빈 자리에는
흐르는 물이 머물고
세월도 머물러

내 사랑 고운 그대여
언제까지라도
머물러 있는 꿈인가

우리의 만남들

거짓 없는 마음 우리는 웃었지
진정한 사랑인지 모르고 만났었지
아 하지만 어쩜 아쉬움만 남긴 채
떠나간 그대여 사진속의 너와 나

지금 어디에 있나
숙명처럼 헤어져 우는가
정녕 언약한 꿈은
파도처럼 부서졌나

원치도 않은 세월아
텅 빈 자리에는
지나간 아픔 저편에
세상을 등졌나

서러운 마음 가득히
의미 없는 삶을
덧없이 슬픈 나날들
우리의 인연아

절망과 고민은 청춘을 사위고
그밖엔 아무것도 가질 수 없었는가
얼핏 스쳐 가는 웃지 못 할 사랑아
돌아보면 추억의 잔상들만 떠올라

너의 자취만 남아
운명처럼 헤어져 우는가
이제 지나간 사랑
아스라한 추억이여

떠나간 자리

언제인가 희뿌옇게
우리가 걷던 흐린 언덕에

남몰래 흘린 울먹임 알고는
보내야 하는 이별 앞에

흐르는 강물에 실어 보낸
조각배 속안의 서글픈 사연

너와 나 긴긴밤은 물거품 되었나
떨어진 잎새는 알고 있나

아름다워라 멀어져 간 사랑
망막에 맺히는 너의 모습은 영영

이제 모두가 떠나간 꽃자리
나 홀로 일어나
눈 내린 강을 건너리

가슴깊이 밀려오는
서러운 눈물 부서진 파도여

내 작은 사랑 그렇게 가는가
지나간 사랑 아픔이여

세월 간 빈 뜰에 꽃씨 하나
수련꽃 뭉개져 새록이 돋고

너와 나 꿈같은 날 달빛에 젖어서
풀잎도 바람에 흔들렸나

아름다워라 꽃 같은 그대여
꽃 피고 꽃 져도 함께 웃었던 꿈들

이제 모두가 떠나간 꽃자리
나 홀로 일어나
눈 내린 강을 건너리

6

어릴 적

어릴 적은 소처럼 되새김질하며

먼 훗날 아스라한 추억으로 남는 것이다.

머리말

어릴 적은 작은 들꽃 같은 나의 이야기이다.
이른 봄날 산(山)에서 수줍게 피어나는
바람꽃과 같은 것이다.
어릴 적은 산과 들에서
흔히 볼 수 있는 야생화 같은 꽃이다.
철없이 흔들리는 몸짓에도
앙증맞고 사랑스런 들꽃인 것이다.
우리네들의 시리디 시린
유년시절을 연상시키는 아담한 꽃인 것이다.
어릴 적은 수개월을 거쳐 피어난 글이다.
기억의 편린(片鱗) 속에
케케묵은 먼지 쌓인 창고를
털이개로 툭툭 털어내고
오래된 기억을 되살려
읽고 또 읽어 탄생한 아픈 글이다.
어릴 적은 야산에 핀 풀꽃 내음을
책갈피마다 오래오래 간직하는 것이다.
어릴 적은 소처럼 되새김질하며
먼 훗날 아스라한 추억으로 남는 것이다.
우리가 살아간다는 것은
새벽이 깨는 시간을 그리워하는 것이다.

때론 감추고 싶은 기억도,
잊기 위해 몸부림쳤던 아픔도,
햇볕을 받아 영롱히 피어나는 무지개가 되는 것이다.
어릴 적은 째를 내기 위해서 쓴 글이 아니다.
누구나 겪은 생채기와 같은 위로의 글이다.

어릴 적

어릴 적 미국 놈들 따라다니며
헬로우 초콜렛트 기브 미 했었지
영화동에서 양놈 지갑 주운 친구
한없이 부러웠었지

어릴 적 소독차 따라다니며
입 벌리며 크게 웃었지
회충, 요충, 십이지장충 다 없어져라
남보다 크게 벌려 들이마셨지

막내이모 결혼식 때(좌측하단 첫 번째 필자)

어릴 적 아흔 아홉 다리에서
단치 잡으며 멱 감았지
그러다가 물에 빠져
죽어 있는 동네아이 보았지
오열하는 부모와 가마니때기 덮여 있는
아이 얼굴 보며 새파래졌지

어릴 적 경매 약간 헤매다가
감뚝까지 점령하여 뚜룩꾼* 되었지
형은 1차약간* 뚜룩꾼, 나는 2차약간 뚜룩꾼
감, 사과, 당근까지도 발로 멀리 차놓고 후딱 달려가
호주머니에 넣고선 죽어라 뛰었지
바늘도둑 소도둑 된다 했는데

* 뚜룩꾼: 훔치는 아이(북한의 꽃제비와 같음)
* 약간: 채소 경매하는 곳의 사투리

194

하늘이 도와 서울 와서 공부하고
이제 사람 구실하게 되었지

어릴 적 테레비 있는 집 옹기종기 모여
주인집 눈치 살펴가며 레슬링경기 보려고 마음 졸였지
비바람 불어 전파가 끊어지면 레슬링경기를 흔들어 놓았고
주인집 아저씨 늙은 장대에 녹 슬은 안테나
검은 고무줄로 칭칭 동여매려 개미허리 휘청거렸지
테레비는 다시 나오고 초롱초롱 눈을 밝혔지
우리의 영웅 김일 선수 박차고 일어나 피를 흘리며
다 이긴 듯 포효하는 일본선수에게
반전의 이마를 들이받았지

어릴 적 우리 집은 촌스러웠지
산 말랭이 다닥다닥 제일 높은 곳에 우리 집 있었지
허파꽈리 같은 집들 사이 묵정밭 있었지
옥수수꽃 말갛게 피는 울타리 옆 담을 돌아
땀 냄새 먼지투성이 작업복이 걸려있었지
우리 어매 꽃무늬 몸뻬바지는
바람 따라 한들한들 펄럭였지만
언제나 따뜻하고 정겨웠었지

어릴 적 황구라는 잘생긴 토종개 있었지
그놈, 밥 주는 어매보다도 날 더 좋아했지
어느 날 우리 어매 아배 수군거리고 난 후

송풍동 배꼽산 너머로 팔아 넘겼지
짐자전거에 실려 애처로이 나를 보던 황구의 눈동자는
나의 가슴을 후벼 팠었지
황구가 팔려간 빈자리는 그리움이었고
애틋한 마음에 빈 집을 쓰다듬곤 했었지
그러던 어느 날 놀랍게도 황구가 돌아 왔다네
나와 황구는 얼싸안고 눈물 흘렸지
두 발로 껑충껑충 꼬리를 흔들며 좋아했던 황구
개가 우는 것을 그때 처음 보았지
두 번이나 왔다가 끌려간 황구는
다시 오지 않았고
작은형과 나는 팔려간 황구 집을 찾아갔었지
그러나 황구는 결국 그들의 입으로 들어갔고
오랫동안 서글픈 형상으로 남아있다네
십리가 넘는 주인집을 찾아온 축생의 인연은
그것으로 끝이 났고 무기력한 소년의 실루엣은
아직도 서 있다네

196

어릴 적 여름 평상엔 자작자작 끓인 된장국 있었지
찐 호박잎, 새콤하게 익은 열무김치와
부엌에 매달린 소쿠리 삼베 포 걷어내면 늘 그곳엔
보리밥 성글성글 웃고 있었지

어릴 적 학교 가면 슬펐지
육성회비 안낸 몇 명중에 꼭 내가 있었지
담임선생 대나무 뿌리로 손등을 때려
피하다가 더 쎄게 얻어맞았지
학교에서 쫓겨나 집 앞 툇마루에 앉아있다 되돌아갔지

어릴 적 우리 째깐 형 어느 날 내게 말했지
학교 가면 맞으니 사부리 치자 했지
얼씨구나 좋다 명수네 집 굴뚝 뒤에 가방 숨기고
사부리라는 것을 처음 해 보았지
학교 안가고 땡땡이치는 걸 사부리라 했지
동네 애들 숨바꼭질하다가 꽁꽁 숨겨둔 가방 꺼내어
이름표 붙은 공책보고 우리아버지께 갖다 보였지
그걸 알고 우리형제 집을 나갔지
한밤 중 배가 고파 군산극장 뒷골목 배회하다가
야경꾼에 붙잡혀 기지 발휘했지
큰집에 제사지내다 방이 좁아 집에 가는 중이라고 했지
밤이 되면 초가지붕 기어 올라가
새처럼 둥지 틀어 누웠지
우리 엄니 아부지 싸우는 소리

귀 기울여 몰래 들었지
아버지의 신음소리 앓는 소리 들으며 잤네
어머니는 숨죽여 울고 계셨네
3일간 가출 후 집에 들어가 죽었다 싶었는데
우리 아버지 아무 말씀 없으셨지

어릴 적 아이스케키 장사 해 보았지
이성당, 조화당, 금주당, 녹음당, 황금당,
태극당, 진미당, 남풍당, 이화당, 풍년당
많고 많은 제과점 중에 녹음당 케키 받아 팔았네
해망굴 홍천사 계단 명당자리는 삼성 고아원 애들에게
뺏기고 쫓겨났었지
우리 형제 하루 2편 연속상영 대양극장 앞에
판을 벌렸네
아이스케키~♪ 얼음과자~♪
얼음이요~♪ 얼음과자~♪
구성진 목소리는 메아리 쳤네
그러나 케키는 녹아 팔지 못하고
형과 나는 싸우기 시작 했다네
녹음당 케키 이름이 잘못되어
다 녹고 망했다고 우겨 이겼지

어릴 적 옆집 딸 부잣집 정희엄마는
큰딸, 둘째딸에 또다시 셋째 딸을 낳았지
집 앞 변소에서 볼일보다 너무 힘줘 낳고 말았지

동원이와 복동이 그리고 나는 숨죽여 보았지
정희네 가족은 늘 고구마를 쪄 먹었지
우리 작은형은 얻어먹으려고 알랑거렸지
재밌는 거 보여주면 고구마주지
그녀 자매 우리 형과 거래 있었네
손바닥을 펴고 한 손은 주먹 쥐고
턱을 치고, 이마치고
이마치고, 턱을 치는
괴팍하고 잔망스런 절구통 찧는 우리 형보고
까르르 까르르 웃으며 고구마 한 개 집어줬지
너도 한번 하면 고구마 주지
나는 고구마가 먹고 싶었네
그러나 결코 볼 쌍 사난 절구통놀이 하지 않았지
그런데 그녀 자매들 탑처럼 쌓여있는 고구마껍질
한가로운 오후 배가 굴풋할 때 다시 먹었지

어릴 적 우리 동네 불나비 땡 형 있었지
공회당 전국노래자랑 참가했다가
김상국의 불나비 열창했었지
마지막 한 소절 불나비♪ 사랑 남기고
삑사리 난 목 움켜쥐고 땡♪ 당하고 말았다네
노래자랑 탈락하고 동네 각다귀에
너도나도 웃음거리 되었고 사귀던 창수누나도
떠나가고 말았지

어릴 적 크레파스 가진 옆 짝 부러웠었지
12색, 24색, 빨주노초파남보 향기로운 꽃냄새
테레비 전축 있던 짝꿍 친구
어느 날 48색 크레파스 가지고 왔지
너도나도 크레파스 한번 만져보고 친구 얼굴 한번보고
나는 먹는 것도 아닌데 침 한 번 꼴깍 했네
피아노건반 같은 크레용 위 얇은 습자지
50이 넘어도 하늘하늘 가슴에 있네
오롯이 담긴 꿈속에 남아 있지
어릴 적 밤하늘의 별을 보았지
거대한 언덕처럼 둥그렇게 수를 놓은
하늘을 바라보았지
장엄하고도 고요한 별들의 행진이 너무 좋았네
공회당의 불꽃놀이 수를 놓으면
별들은 말없이 미소 지었고,
어두울수록 궁핍한 눈물의 꽃은
별똥별 되어 떨어졌었지
훗날 알퐁스 도데의 별도 그때 나였지

어릴 적 소풍갈 때 밤잠 설칠 정도로 좋았지
대동 사이다와 삶은 계란 몇 알 넣고 신이 났었지
사이다 병뚜껑엔 벌겋게 녹이 슬어있었고
입까지 달라붙던 별들을 밀어내고 한 모금 한 모금 나눠
먹었지
늦가을 금화 같은 은행잎들 쏟아져 내렸고

쨍하고 깨질 듯한 푸른 하늘은 어린 날의 동심을 흔들어
놨지
은파유원지 지나갈 때 물수제비 너도나도 돌을 던졌지
그런데 J초등학교라는 그 학교 소풍갈 때는 늘 비가 왔었지
소사가 연못에서 이무기를 죽인 후부터 비가 온다했지

어릴 적 들녘의 자운영 토끼풀 너무 좋았지
꽃향기에 취해 두 팔 벌려 잠이 들었지
씀바귀 매운개 머위 노루귀 할미꽃 제비꽃
채송화 봉선화 맨드라미 나팔꽃 패랭이꽃
큰꽃으아리 민들레 하얗게 나풀대는 개망초꽃
고양이가 잘 뜯어먹는 하트모양의 새콤한 괭이밥
참소리쟁이 수영 꽃피면 소도 안 먹는 뚝새풀
띠 엉겅퀴 지칭개 애기똥풀 온천지가 꽃 이였지
다시 태어나도 들꽃이 되어
마냥 노래하며 바람꽃되리

어릴 적 겨울은 유난히도 추웠지
다후다 빨간 잠바에 고리땡 무릎 기운 바지입고
귀마개까지 하고 해지는 줄 모르고
똥차타기 하느라 손발 어는 것도 몰랐지
월명산 굽이굽이 붉은 노을 지도록
우린 신나게 미쳐있었지
우리네들의 흔적들 세월 흘러도 아직도 어른거리지
해망동 선착장에서 대나무 쌔비다가

연탄불에 구워 흰 다음 그걸 들고 산에 갔었지
비키리 소리치며 휠휠 날랐던 그 시절이 그리워라
그런데 아직도 미스터리 한 그 시절 기억 남았지
수없이 뒹굴고 낭떠러지 떨어져도
비키리 스키부대원 애들이 부상당해 죽거나
불구가 되었다는 그런 소리는 없었지
아마도 월명산 쌓인 눈은 카시미론 이불이거나
삼신할매가 받아주는 엄마품인 거였지
그 시절 그 모습 그려 볼 때 생각나는 노래있었지

겨울나무

♪나무야 나무야 겨울나무야
눈 쌓인 응달에 외로이 서서
아무도 찾지 않는 추운겨울을
바람 따라 휘파람만 불고 있느냐

평생을 살아봐도 늘 한자리
넓은 세상 얘기도 바람께 듣고
꽃 피던 봄 여름 생각하면서
나무는 휘파람만 불고 있구나♪

어릴 적 산동네 한 뼘짜리 묵정밭의 추억 하나 있었지
재래식 변소의 뒷켠에 묵정밭이 있었는데
어느 여름날 나는 토마토가 자라는 것을 보았지
당시에는 누군가 먹고 버린 토마토씨에서 싹이 트거나
우연히 민들레 홀씨처럼 바람에 나뒹굴다가 자리를
잡았는지도 몰랐지
새벽이슬 머금은 풋풋한 그 싹에서 내는 향기는
소년인 나에게 깊은 호기심을 줬었고,
하루가 다르게 싱싱하고 풋풋하게 익어가는
그 녀석을 보면서
누가 볼세라 옆에서 자라나는 넓적한 호박잎으로
은폐 엄폐를 시켜 지켜보고 있었지
매일 매일 조금씩 커가는 토마토를 바라보며 호박잎으로
살짝 덮어놓고
내일을 기약하는 나만의 비밀스러운 행동은 흥미로운
소일거리였었지
그러던 어느 날, 이쯤에서 따 먹어야지 하며 아침 일찍
그 자리에 갔었지
덮여진 호박잎을 걷어내면 토마토는 나에게 말할 거라
예상했지
"토마토 주인님! 오래 기다리셨죠?
저의 향긋하고 달콤하며 풋풋한 육질을 주인님께
바치오리다"
토마토는 속삭이고 있었지
그런데 호박잎을 걷어내고 나는 큰 충격을 받았었지

분명코 거기에 얌전히 있어야 할 토마토는 없었지
잘려나간 꽃대만 덩그러니 남아있었고 흔적조차
찾을 수가 없었지
주위를 다시 두리번거리며 찾아 봤지만 토마토는 보이지
않았고
그 낭패감과 상실감을 이루 말할 수 없었지
한 달간 새벽마다 조금씩 커가는 토마토를 지켜보며
오늘을 기약했으나,
누군가의 손을 탔다는 사실만 확인한 채, 망연자실
한참동안 그 자리에 석고처럼 서 있었지
세상을 알기 시작한 첫 번째 쓸쓸한 추억이었지

어릴 적 나는 심부름을 잘하는 아이였지
새벽녘 동이 틀 무렵이면 콩나물을 사러 갔었지
울 어매는 째깐 형에게 심부름을 시켜 사오라고 했었지만,
째깐 형은 등을 돌려 버려 누웠지
눈 비비고 일어나는 토끼새끼 같은 어린나이에
새벽 심부름이란 곤혹스러울 수 있었지
늘 술에 쩔어 사는 우리 아버지의 해장국으로
속을 풀어주는 것은 콩나물국이 제격이었지
시디 신 김치 쫑쫑쫑 쓸어 새우젓 국물 한 숟갈에
청양고추 착착 다져 만든 얼큰한 콩나물 진잎국은
지금도 잊을 수 없는 맛이라네
누런 금화 같은 10원짜리 두 잎을 손에 쥐어주고
심부름을 시키는 어매의 그윽하고 안타까운 눈빛을

지금도 잊을 수 없다네
나는 한 번도 가기 싫다고 거역한 적 없이
기분 좋게 돈을 받아 내달렸지
명산동 산 말랭이를 눈썹이 휘날리도록,
고무신이 탄내가 나도록 나는 쏜살같이 내달려
동전을 내밀고 콩나물을 사러 다녔지
유곽구시장, 명산동시장에는 어스름 동이 터오고
안개 속 슬로모션의 아침을 준비하는
노동의 현장은 정겹고 향그러웠지
나의 단골 아줌마, 할머니들은 늘 하던 소리 반복했었지
"아이고! 저기 보조개 쏙 들어간 이쁜 애기가 또 왔네"
"근데 저 애기는 돈은 쬐깨 가지고 오면서
소쿠리는 왜 그렇게 옴박지*보다도 깊고 넓은 것을
육짱* 가지고 온댜아 호호호"
나는 넓고도 깊은 큰 소쿠리를 내밀면
콩나물이 허성 허성해 보여 더 많이 줄 거라고 생각해
일부러 큰 소쿠리를 머리에 쓰고 다녔었지
이웃집 깨쟁이 아줌마와 정희엄마는
내가 작은 돈으로 많이 사오는 것을
늘 시샘하고 부러워했고
우리어매는 그걸 늘 자랑삼아 노래 불렀지
다른 아이들은 콩나물을 고를 때도

* 옴박지: 옹배기의 사투리
* 육짱: 한 번도 빠지지 않고 늘

길고 웃자란 본때 없는 것을 사왔지만
나는 키가 작고, 야무지며 꼬부라진
맛있는 콩나물을 골라 사왔기에
이것 또한 자랑거리였었지
이런 자랑거리에 나는 꾀를 내어
모아놓은 돈을 얹혀 10원씩을 더 내밀어 사올 때면
이웃아줌마들도 놀라고 우리 어매 많이 받아왔다며
더욱더 신바람 흥겨웠었지
옆집 상미누나와 정희는 콩나물 심부름을 하고서도,
같은 돈을 주고도 조금 받아왔다고
혼나는 모습에 나는 숨죽여 웃었지
그런데 지금도 알 수 없는 수수께끼 같은 사연 하나 있다네
그 시절 군산시내에는 3대 거지가 살고 있었지
링컨 그지, 전도관 그지,* 가마니 그지가 주인공들이었지
링컨 그지는 지금도 가장 미스테리한 거지였지
전도관 그지는 전도관 옆에 있는 탑 속에서
밥을 지어 먹고 살림을 하며 살았지
가마니 그지는 등 뒤에 가마니때기를 둘둘 말아 애기를
업고 다니는
형상으로 낮에 밥하는 어머니들에게 불쑥불쑥 나타나
놀래키며

* 전도관 그지: 월명산 언덕배기 복싱체육관 쪽으로 오르면 전도관이라는
교회가 있었고 그 아래 5층탑 기단부에 구멍이 뚫려 있었는데, 그 속에서
거지가 살았다. 그는 병어리였다. 우리는 그를 전도관 그지라고 불렀다.

동냥을 하러 다니는 기인이었지
그 중에 3대 거지 중 링컨 그지의 영상을 그려 본다네
유곽구시장, 명산시장, 중국인학교를 거쳐
콩나물 심부름을 위해 새벽녘을 내달릴 때면
알 수 없는 거지 한명 서성거렸지
그 외모는 동냥아치들의 누추한 행색과는 달랐고,
결코 남의 집에서 구걸하지도 않았고
고뇌하고 번뇌 하는듯한 야릇한 표정으로
거리의 철학자 아리스토텔레스나
소크라테스와 같은 모습으로
모든 이들의 궁금증을 불러 왔었지
잘생긴 얼굴에, 훤칠하게 큰 키였고, 코도 오똑했으며
눈은 깊고 그윽했으며 형형한 광채를 내고 있었지
한마디로 멋지고 잘생긴 우수에 젖은 풍모를 가졌고
외경심마저 들게 하는 거지였었지
링컨대통령같이 구레나룻 길게 내려 길렀고
검은 외투 무릎까지 내려오는 그런 옷을 입고 다녔었지
호기심 많은 나는 뒤를 졸래졸래 따라다니며
헬로 헬로 하고 말을 걸어보았고
그 거지는 레코드판에 스크래치가 된 것처럼
"Night gown(나이트 까운), Night gown(나이트 까운)"
이것을 반복해서 해댔지
그 당시 집집마다 문 앞에 돼지 먹이로 구정물통이
있었는데
그 거지는 검은 외투 걷어 구정물통에 긴 손을 담그고

동태머리와 **뼈**를 아그작 아그작 먹던 기억은
세월 흘러 나이 먹어도 충격과 놀라움이었지
들리는 소문에 그는 서울대학교 정치외교학과에 다녔는데
데모하다가 고문당하여 실성했다는 떠도는 소문 남기고
지금도 아련한 영상으로 남아 숨 쉬고 있지

어릴 적 그들을 위해 노래 지어 부르던 기억 있었지

♪링컨 그지는 새벽 그지
전도관 그지는 밤 그지
가마니 그지는 낮 그지

링컨 그지는 미친 그지
전도관 그지는 땅 그지
가마니 그지는 똥개 그지

링컨 그지는 헬로 그지
전도관 그지는 벙어리 그지
가마니 그지는 바보 그지♪

어릴 적 우리 동네 뚫어 아저씨와 똥 퍼 아저씨가 나란히
살고 있었지
뚫어 아저씨는 아궁이와 굴뚝을 청소하고
막힌 것을 뚫어주는 그런 일을 하였지

전깃줄 같은 철사를 둘둘 말아 어깨에 걸고
시커먼 털이 달린 청소기로 "뚫어" "뚫어"를 외치며 다녔지
똥 퍼 아저씨 또한 "똥 퍼" "똥 퍼" 소리를 지르며 동네를
누비고 다녔지
철없는 깽바리들은 편을 나누어 한쪽에서는 "뚫어"
또 한쪽에서는 "똥 퍼"를 외쳐댈 때면 우스꽝스러웠지만
아저씨들에게는 기분 나쁜 일이었지
똥 퍼 아저씨는 재래식 화장실인 푸세식에 물 자세처럼
똥지게를 지고
집집마다 똥을 푸러 다녔었지
똥 퍼 아저씨는 작은 체구에도 똥지게를 균형을 잘 잡아
흔들흔들 메고 다녔지
똥 퍼 아줌마는 선착장에서 생선을 다듬는 일을 했는데
아저씨의 두 배 정도 육중한 몸매에 입도 걸쭉하여
우리는 욕쟁이 아줌마라 불렀고, 그 부부사이에는
어린 갓난이가 둘이 있었지
지금 생각해보면 늦은 나이에 겨우 결혼을 하였던 거지
동네 각다귀들은 그 집을 지날 때면 모두 코를 벌름거리며
붙잡고 다녔었고
어린 나도 똥 구린내와 생선 비린내의 묘한 어울림에
얼굴을 찡그리고 다녔었지
그러던 어느 날,
아줌마가 아저씨에게 닭을 잡으라고 시켰고
마당 한쪽에는 가마솥에 장작불이 활활 타오르고 있었지
아저씨는 닭 모가지를 비틀고 털을 벗겨 뜨거운 물에

첨벙 넣었지
그런데 놀라운 일이 벌어지고 말았지
뜨거운 물에 넣자마자 "푸드득" 날개를 요동치며
죽었던 닭이 살아 날뛰는 바람에
아저씨는 화상을 입었고, 닭은 냅다 줄행랑을 쳤지
순식간에 벌어진 황당 사건에도 똥 퍼 아저씨는 "저놈 닭
잡아라" 하며
산동네에 나체가 되어 발가벗은 닭을 쫓는 듯, 쫓기는 듯,
난리가 아니었지
도망간 닭은 결국 다른 이의 도움을 받아 겨우 잡았으나,
아저씨는 동네의 큰 우세 거리 되었지
어린 우리들에게는 배꼽 빠지게 웃기고 흥미로운 일이었지
생선아줌마는 닭 한 마리도 못 죽이고, 잡지도 못하는
바보 같은 남편이라고 두고두고 남편을 함부로 대했지

똥 퍼 아저씨가 잔뜩 주눅이 들어 지내던 어느 날이었지
아저씨는 새로운 직장에 취직이 되었다며 의기양양
좋아하셨고
진 곤 색의 제복에 푸른색 모자에는 줄이 그어져있었고
노란완장에 야경꾼을 상징하는 글씨가 새겨져있었지
똥 퍼 아저씨는 낮이나 밤이나 제복을 입고 자랑스럽게
거닐었고
예전에 비실비실한 걸음걸이가 아니었으며 군인이나
경찰처럼 당당해졌지
또한 곤봉같이 생긴 긴 막대를 딱딱 소리 내며

치고 다녔는데
똥 퍼 아저씨의 새로운 변신에 모두들 놀라웠고
과연 도둑을 잡고 지켜낼 수 있을까 걱정도 했었지
모두가 잠든 적막한 밤, 찹쌀떡♪ 메밀묵♪ 장사의 공허한
메아리가 끝나면,
통행금지가 되었고, 야경꾼아저씨들의 딱딱 부딪히는
막대기소리는
아련한 자장가로 들렸었지
그러던 중 사고가 터졌지
비가 부슬부슬 내리는 어느 날 밤,
군산의 양키시장을 순찰 중이던 똥 퍼 아저씨는
담을 넘어가던 도둑놈을 발견하고
호루라기 부는 것을 깜빡 잊고
내려오라 소리쳤고 내려온 도둑놈은
"나를 내려오라고?"라며 자신의 손가락으로 자기를
가리켜 되묻고는
사정없이 두들겨 패고 곤봉을 빼앗아
얼굴부위를 여러 차례 내려치고
곤봉마저 빼앗아 달아나버린 사건이 벌어졌었지
2인 1조가 되어 순찰을 했으나 사고가 난 날은
혼자 순찰하다가 당했던 거지
정말로 죽지 않을 정도로 X나게 얻어맞은 거였지
산동네 사람들은 모두 똥 퍼 아저씨가 죽지 않을까
걱정했었지
모두들 아저씨를 걱정할 때도 욕쟁이 아줌마는

더욱더 욕을 해대며 남편을 함부로 했지
"병신 육갑잔치하고 있어" "닭 한 마리도 못 잡는 주제에
뭔 놈의 도둑놈을 잡는다고 곤봉을 딱딱거리고 다닌댜아"
소락빼기 빽빽 질러대도 아저씨는 이마에 수건을 두르고
단추 구멍 같은 작은 눈만 꺼먹꺼먹 할 뿐 아무말씀
없으셨지
시름시름 앓고 있는 아저씨를 위해 우리 아버지가 찾아가
얘기하는 것을 나는 옆에서 지켜보았지
우리 아버지의 처방은 세 가지였다네
눈탱이가 밤탱이가 된 일그러진 얼굴에 생 돼지고기를 사서
얼굴을 싸매고 부기를 빼 피멍을 가시게 하는 거였지
또한 먹는 배를 실로 매달아 똥구덩이에 넣어
배 즙이 물러 터졌을 때 그것을 먹으라하셨지
마지막은 오래된 똥 구더기에서 똥 건대기를 빼고
체에 밭쳐서
국자로 깊숙이 똥 국물을 떠서 눈 딱 감고 먹으라는
처방이었지
지금 생각해보면 과학적인 근거가 없는 허무맹랑한
처방이었지
그러나 처방을 알려주고 돌아오는 우리 아버지의 훈수에
연신 머리 조아리며 고맙다고 하는
똥 퍼 아저씨의 눈은 눈물로 얼룩져있었지
우리 아버지의 처방이 약발이 있었는지는 알 수 없지만
얼마나 흘렀을까 똥 퍼 아저씨는 다시 살아나
동네를 사브작 사브작 활보하고 다니셨지

생선 아줌마도 여전히 남편 알기를 우습게 여기며 욕을
해댔지만
우리들의 기억 속의 사건만은 세월 흘러도 남아있다네
한 가지 알 수 없는 것은, 윗집 아랫집에 사는
똥 퍼 아줌마는 뚫어 아줌마를 만나면
남편에 대한 걱정과 성실함을 자랑삼아 늘어놓기도 했지
두 사람은 동병상련, 초록은 동색, 가재는 게 편이라고
서로를 위하는 게 각별했고, 남편이 안보는 데서는
남편이 불쌍하다고 눈물 흘리곤 했지
그녀들은 여름이 되면 담장 밑 봉선화를 백반에 찧어
손톱에 싸매고, 비닐로 묶어,
며칠 후 서로의 손톱을 보며 물들인 것이
잘되었다 못되었다하며 깔깔댔었지
어린 그 시절에도 고개를 갸웃하며 생각했었지
저렇게 풍신 나게 못생긴 아줌마들도 누굴 위해 손톱에
물을 들이며, 머리를 빗어 넘기는지 알 수 없었지
첫눈이 올 때까지 손톱에 봉선화 물이 남아있으면
첫사랑이 이루어진다는 그것을 볼품없는 아줌마들이
했으니까……
눈을 감고 생각하면 여전히 떠오르는 그 시절 그 모습이
그리워지네
털 하나 없는 죽었다 살아나 부활한 놀란 닭이
산 말랭이를 달려가는 모습과,
죽어라고 쫓는 똥 퍼 아저씨의 모습은
너무 너무 슬프고도 웃기는 삐에로의 모습으로 남아있다네

그들의 팍팍한 삶도 악다구니 외침에도
실존의 슬픔에는 격렬함과 진부함이 뒤섞여 있었지
아저씨의 똥 구린내와 아줌마의 나무 등걸 같은 거북등 손마디는
생선 비린내가 풍겨도, 어김없이 생의 한 페이지 한 페이지를 넘겨야만 했지
또 하나 똥 퍼 아저씨가 술 먹고 늘 부르던 노래 하나가 있었지
이 노래만 생각하면 가여운 똥 퍼 아저씨가
보고 싶어지는 것은 왜인가?

헤어진 군산항(1965)
－노래 박재연, 작곡 송운선

♪군산항구 밤 부두에 비가 나린다
말없이 헤어지고 눈물로 헤어지는
누구의 눈물이냐 지금도 나리는데
군산항 밤 항구엔 군산항 밤 항구엔
아 아 뱃고동만 슬피우네
군산항구 밤 부두에 비가 나린다
이별의 탄식이냐 울면서 헤어지던
사랑의 굳은 비는 지금도 나리는데
군산항 밤 부두엔 군산항 밤 부두엔
아 아 갈매기만 슬피우네♪

어릴 적 교회에 다닌 적이 있었지
꽃빛노을처럼 부드럽게 물들어가는 풍금소리 따라
'고요한 밤 거룩한 밤'을 불렀고
새벽송을 부르던 추억과 성탄절의 설렘은
지금도 행복한 미소를 머금게 하지
매번 공사다망하여 교회에 갈 수 없었던 형과 나는
양심상 크리스마스 이브날 일주일 전부터 다녔었지
크리스마스 당일만 가자고 째깐 형은 우겼지만
일주일 전부터 반사님과 목사님께 얼굴을 내미는게
훨씬 좋다고 형을 설득했었지
물론 크리스마스가 지나면 그것으로 땡이었지
우리가 교회 가는 목적은 따로 있었지

예수님과 하나님께 죄송했지만
과자와 빵, 또는 학용품을 주는 그것에만 몰두했었지
여름성경학교에는 예쁜 아이들과 흥미로운 이야깃거리
흘러넘쳤지
여름성경학교에도 아이스케키 등을 먹을 수 있었지만
크리스마스 전후로는 많은 것을 먹을 수 있었지
지금 생각해도 웃기는 일이지만
형과 나는 두 군데까지도 다녔었지
얼른 빵만 타고 다른 교회로 죽으라고 달려가
목사님 코앞에 가까이 다가가 인사했었지
우리 동네에서 두 곳 다니는 애들은 우리 말고는
보지 못했지
교회에서 그렇게 하는 것에 머무르지 않고
우리는 간땡이가 부어서
4월 초파일인가 뭔가 내용은 몰랐던 그 시절
이제는 절까지도 시도했었지
동국사 절 등을 형과 나는 진출했고
떡과 밥까지 얻어먹곤 했지
대웅전의 부처님과 사천왕 등
온갖 무시무시한 부처님들이 무섭고 두려웠지만
처음만 떨렸고 나중엔 오히려 편안했었지
점차 학년이 높아지면서 벌 받을까봐 그만 뒀었지
교회 예배당의 은은한 종소리와
동국사의 대웅전 추녀에 매달린 청아한 풍경소리는
같은 듯 다르게, 다른 듯 같게도 들렸었고
지금도 내 마음 속 울리고 있지

어릴 적 군산 시내에 택시라는 것이 들어왔었지
코로나 택시는 다람쥐같이 날렵하게 여기 저기 질주했고
반짝 반짝 빛나는 헤드라이트는 눈부시게 멋진
경이로움이었지
그러던 어느 날
나는 한 가지 일을 저지르고 말았지
동원이 복동이 부추겨 택시가 출발하기 전
납작 엎드려 있다가 택시 뒤꽁무니에 얼른 올라타기로 했지
신나게 바람을 가르고 달리다가
너무 좋아 누군가 소리를 질러댔고
코로나는 급정거를 했지
택시 기사아저씨 하얗게 질린 얼굴에
우리도 서로 바라보며 놀랐지
우린 결국 택시 회사에 붙들려갔고
무릎 꿇고 빌었지
"이 쥐알탱이 같은 놈들이 뒈질라고 환장했지"
두툼한 아저씨의 손은 험한 욕설과 함께
우리들 뺨에 거칠게 찰싹 거렸고
눈물 콧물 다 흘리고 집으로 돌아와
아무 말도 못하고 긴 잠을 잤지
세월 흘러 나이 먹어도 그렇게 많이 맞아 본 적 없었지
학교 들어가기 전 일곱 살 때였지
왼쪽 귀에서 고름이 나왔지만
고양이 오줌을 바르면 낫는다는
동네 형들의 이런 저런 얘기 듣고 망설였지

그 어린 나이에 어떻게 고양이를 붙들어 매고
오줌을 받을까 생각하니 너무너무 웃음이 났었지
그 이후로 걸을 때마다 달가닥 달가닥 소리가 났었고
2년인가, 3년인가 후에 아흔 아홉 다리에서 몍 감다가
물기를 털다 출렁출렁 뛰는데,
갑자기 쏴아악 하며 구슬 같은 돌멩이가 나왔었지
피가 떡이 되고, 구슬이 되고,
2년 3년 왼쪽 귀에서 놀다가
바깥구경을 하러 나온 것이었지
어른 되어 택시를 볼 때마다,
택시 뒤꽁무니가 무서운 것
이것은 실소를 금치 못하는 아련한 아픔이 되었지
어릴 적 나는 인사 잘하는 아이였지
닮은 구석이라고는 전혀 없는
못생긴 세욱이 형과 예쁜 세란이의 아버지는
동네 이발소를 운영했는데
나는 틈나는 대로 그 아저씨에게 인사를 했지
놀다가도 저만치 보이면
얼른 달려가서 인사를 해댔지
돈 좀 있는 집 아이들은
상고머리로 가지런하고 단정하게 깎아 멋을 부렸지만
대다수 아이들은 바리캉으로 빡빡 밀어버렸지
이발소에는 밀레의 만종과 사무엘의 기도하는 모습의
"오늘도 무사히"라는 그림이 붙어 있었지
키 작은 애들을 위해 의자에 판때기를 올려놓고

엄숙하고 진지하게 머리를 맡겼었지
아저씨는 낡은 의자와 오래된 연탄난로에
물을 묻혀 쓱싹쓱싹 붓에 거품을 만들어 냈고
말채찍처럼 길게 늘어진 윤기 나는 가죽에
날이 서도록 차가운 면도기를 문대며 기를 죽였지
아저씨 기분이 좋은 어느 날 이었지
"음! 울 애기는 보조개 쏙 들어가고 인사도 잘하니
오늘은 꽁짜로 깎아주마" 하셨지
같이 있던 친구들은 인상을 쓰며 따졌지만 허사였지
그 이후로 서로 인사하기에 바빴지만
공짜로 깎은 아이는 보지 못했지
그런데 어느 날 우리 엄니 아버지
조근 조근 하시는 말씀이
꿈결인 듯 비몽사몽 들려왔지
세욱이와 세란이가 업둥이라는 비밀이야기였지
깜짝 놀란 충격이었지만
끝까지 그 비밀을 지켜주었지
오래된 빛바랜 그 시절 이발소가 그립네
케케묵은 곰팡이와
편안하게 먼지 쌓인 공짜 정이 그립네
밀레와 사무엘의 기도는 아직도 내 마음 속
범종되어 은은히 울리고 있지

어릴 적 산동네 언덕 너머에 오백고치라고 있었지
오백 원 내고 오르내리는
어른들의 향락촌이었는데
오백고지 또는 오백고치라고 불리었었지
한복 곱게 차려 입고,
진하게 분 바르고,
불야성을 이루는 그 곳
째깐은 꼬맹이들이 지나갈 때면
새색시같이 예쁘게 단장한 누나들이
껌을 짝짝 씹고,
한쪽다리를 떨며
"애기들아! 엄마 젖 좀 더 먹고 와라잉!"
하며 어르고 농을 걸던 그런 곳이었지
나이 들어 생각해보니
참으로 슬프고도 애환이 서린
항구도시의 아픔이건만
시시 껄렁 농을 걸던
그 모습이 웃겨서 호기심 많던 나는
일부러 오르락내리락
해 보던 기억이 있지
산동네 어떤 애들은
버려진 콘돔을 씻어서
입으로 크게 불었고
물을 조금 채워 낭창낭창해지면
돼지 오줌보 대용으로,

축구도 하고, 배구도 하며,
신나게 나대며 즐거워했지
"그 많던 싱아는 누가 다 먹었을까?"
"그 많던 누나들은 지금은 어디로 갔을까?"
유년시절 몰랐던 그들의 시디 신
싱아의 아픔을 어른 되어 알았지

어릴 적 영화를 좋아하는 나는 군산극장 앞 서성거렸지
그곳에는 가끔 와자지껄 사람들이 모여 둘러섰는데
군산극장 사장과 남도극장 사장의
투견싸움이 있었지
물고 뜯기고 피를 흘리며
결국 어느 한쪽이 숨통이 끊어지거나
한쪽이 깨갱 소리가 날 때까지
처절한 승부가 벌어졌는데
차마 눈뜨고 볼 수 없는 광경이었지
내 정서에는 맞지 않는 잔인한 싸움이었고
그렇게 최고의 싸움개를 가리는
진검 승부가 끝나고
어느 날은 천연덕스럽게
극장주인들 끼리 불독 암컷과 수컷을 데리고
낄낄거리며 꼴레를 붙이기도 했었지
그 당시 새벽녘에 개들끼리
흘레붙는 모습이 지금 생각하면
아름다운 풍경이었는데

사춘기 때는 민망하기 짝이 없었고
어떤 이는 가끔은 뜨거운 물을 끓여
흘레붙은 개들에게 물을 찌끄리거나*
장대나 빗자루로 후려치는 못된 사람들도 있었지
군산극장은 잔인한 기억도 있지만
나에게는 잊지 못할 꿈을 주는 곳이기도 했지
극장 앞 스피커에서 울려 퍼지는
박진감 넘치는 배우 목소리에
귀를 기울이고 지그시 눈을 감고 들었지
어린 나에게는 영화는 신비롭고 환상적이었지
왕우 주연의 '흑 나비'는 동심을 흔들어놨고
'돌아온 외팔이'의 왕우 모습은
꿈속에서도 붕붕 날아 다녔지

이윤복의 삶을 바탕으로 한
'저 하늘에도 슬픔이'라는 영화 있었지
김수용 감독과 신상옥 제작으로 만든 영화였는데
무허가 판자촌을 원경에 담은 어둠의 자식들은
소년가장의 고달픈 삶을 눈물바다로 만들어 버렸지
그 당시 주인공 이윤복의 굳센 모습은
지금도 애잔한 영상으로 남아있다네
영화는 보고 싶고, 돈은 없던 내 나이 예닐곱
아무것도 모르던 시절 어느 날 꾀를 냈었지

* 찌끄리거나: 뿌리다의 사투리

지나가던 아저씨 아줌마를 붙잡고 하소연했지
"아줌마! 저를 아들이라고 하고
손을 잡고 들어가게 해 주세요"
멈칫거리던 낯모르는 아저씨 아줌마는
맹랑한 꼬마의 제안에 선뜻 응했지
3학년인지 4학년 때 부터인지
반값으로 들여보냈는데
5학년인 나는 무릎을 구부리고,
어깨를 내리고, 얌전한 표정을 짓고,
살금살금 기어들어가다시피 통과하는 스릴은,
지금 생각에도 숨이 막힐 지경이었지
매표구 입구의 우락부락한 기도 아저씨는
아들이냐 물어보며 몇 학년이냐고 따지기도 했었지
한번은 모르는 아줌마 손을 잡고 들어갔는데
어린이가 보기에는 민망하고
엉뚱한 성인영화였었지
김진규가 윤정희와 고은아를 사이에 두고
삼각관계의 애정영화였는데
제목이 '한 번 준 마음인데'였었지
빠에서 가수생활을 하는 윤정희에게는
단 하나의 혈육인 남동생이 있었지

그 동생이 오랫동안 병석에 누워 있어
동생을 살리려던 중
우연히 여고 동창생 고은아를 만나

난관폐쇄로 아이를 낳지 못하는 사정을 알게 되었고,
고은아의 간곡한 대리모 부탁을 받고
고은아 남편인 김진규와 사랑에 빠지는 슬픈 영화였지
극장은 온통 눈물의 도가니였고
자기가 낳은 아기를 김진규와 고은아에게 뺏기고
떠나가야만 했던 윤정희의 절절한 아픔과
이별의 상처를 노래로 이겨나가는 장면은 압권이었고
여기저기 울먹이는 관객들 사이로
왠지 나도 울어야 될 것 같아 따라 울었지
이미자가 불렀던 그 노래가 아직도 귓전에 울리네

♪밤하늘에 별빛은 꺼질지라도
한번 준 마음인데 변할 수 없네
사랑이 미움 되어도
바람 속에 세월 속에
그리운 얼굴 가슴깊이
새기며 살아갑니다

세월 따라 꽃잎은 시들어가도
한번 준 마음인데 돌릴 수 없네
사랑이 흘러간대도
바람 속에 세월 속에
정다운 이름 영원도록
그리며 살아갑니다♪

어릴 적 나는 동네 애들 기쁨조였지
한푼 두푼 동전모아 산동네 애들 과자 사주었지
눈 내리는 날 소복이 쌓인 눈 위에
미리 돈을 던져놓고 능청스럽게
돈을 주워 놀래키는 재주 있었지
아이들 사이엔 돈 잘 줍는 애로 알려졌고
그 돈으로 과자 사주는 기쁨이 너무 좋았지
산 끊어진데, 카디날 장갑공장, 오백고치, 휘파리골목
제일 극장 옆 동양물산, 경성고무, 한국합판, 째보선창
백화양조, 청과물시장, 유곽구 시장, 경포천, 청구목재
우리 어매 다니던 월명동 성당
온 시내 쏘다니며 돈을 던져놓고
다시 주워 애들 기쁘게 했다네
그러다가 찔레꽃 핀 어느 날 항도호텔 앞에서
종이돈 크게 주워 우리 어매 갖다 줬지
쌀 한가마 팔고도 남는 돈이었다네
우리 어매 기뻐하는 그 모습 너무 좋았지

어릴 적 돈을 벌어 효도하고 싶었지
새벽 4시 넘어 동이 트면 신아일보지국에 모였지
100부, 200부까지 있었는데 남들이 하지 않는 44부
선택했지
총무아저씨 머리 쓰다듬어 빙그레 웃는 의미 몰랐었지
아이들 중에 내가 제일 어린 4학년 때였지
영동, 중앙로, 장미동, 명산동, 금광동 모두들 한곳에서
일했지

44부 선택한 깽바리 4학년, 나는 군산 변두리만
배정받아 속았다는 걸 뒤늦게 알았지
도립병원 사택 긴 복도엔 해골바가지 인체해부도
늘 서있었지
긴 복도 뛰어가 신문을 던지고 뒤돌아서면
등짝엔 언제나 후줄근한 땀 배어있었지
어른이 되어 가보았지
복도는 아주 짧아져있었네
지금도 트라우마로 남아있는 공포와 두려움
복도, 복도였지 신아일보는 부도나서 망하고
우리는 몇 달치 돈을 못 받고 총무는 도망갔지

그 이후로도 닫혀진 문 앞에 몇날며칠 끈질기게 서성대던
초등학교 4학년이 느낀 어른에 대한 배신감은
서늘한 상처로 남아있지

어릴 적 우리 동네 불나비 땡 형과 사귀던 창수누나 있었지
공회당 전국노래자랑 참가했다가 김상국의 불나비를
열창 했으나,
마지막 한 소절 불나비사랑 그 대목에서 삑사리 나서
떨어진 바로 그 불나비 땡 형의 애인이었지
기억을 더듬어 보면 스무 살 정도의 누나였는데 카디날
장갑 공장을 다니면서 집안일을 돌보며 열심히 사는
누나였지
그 누나는 늘 한쪽다리를 덜덜 떨면서 껌을 딱딱

소리 나게 씹어대어
어린나이에 나는 어쩜 저렇게 끊이지 않고 소리를
잘 내는가 신기할 정도였었지
글래머의 몸매에다 얼굴은 반반했고 긴 생머리를 한 번씩
거칠게 손으로
쓸어 올릴 때마다 야생마 같은 카리스마를 느꼈었지
창수누나의 아버지에 대한 기억은 나지 않으나,
어머니는 부둣가에서 생선 다루는 일을 했었지
큰오빠는 근육질의 다부진 몸매로 마당 한가운데에
콘크리트에 구멍을 뚫어 각목으로 끼워 만든 역기를
늘 들어 올려
역삼각형의 멋진 몸을 하고 있었지
창수누나의 동생인 창수는 하루 종일 마루에 걸쳐 앉아
사람이 나타나면 말 울음소리처럼 히잉히잉 웃으며
침을 질질 흘리며
고개를 갸우뚱하는 모습만 반복했었지
오른손으로 귀 윗머리를 비비꼬아 해괴한 몸짓을 하였고
하도 풍차같이 돌려대어 귀 윗머리에는 가마가 생겨
동그랗게 말려있었지
다른 아이들은 무서워서 가까이 가지 못했으나
나는 호기심으로 다가가 말도 붙여 보았으나
히죽히죽 웃을 뿐이었지
창수는 밥을 엄청 먹어대어 창수누나는 밥을 챙겨주면서
"밥퉁아 밥퉁아" 하며 그래도 생글생글 궁뎅이를
흔들어대며

밥을 챙겨주었지
그러던 어느 날,
우리 동네에 태웅이형 종호형 등이 작당을 하는 사건이
벌어졌었지
창수누나 집과 우리 집 사이에는 담벼락을 함석판때기로
걸쳐 놓았는데,
조금만 바람이 불어도 흔들흔들 위태위태했었지
양철때기는 녹이 슬어 벌겋게 부식되었고
땅 바닥에는 불그스름한 가루가 늘 흩어져있었지
태웅이 형은 중학생으로 막 사춘기에 접어들어 여자의
몸에 관심이
많았는데, 창수누나가 함석판 옆에 붙어 있는 재래식
변소에 볼일을
본다는 것을 알고 작당을 한 거였지
양철때기는 화장실 밑바닥으로부터 정확히 20cm정도의
개구멍처럼 뚫려 부식되어 있었지
땅바닥에 고개를 쳐 박고 45도 각도로 은밀한 곳을 볼 수
있다는 소문이 퍼져나간 얼마 후의 일이었지
태웅이형과 종호형의 일사불란한 작전에 대여섯명 정도의
조무래기들이
지시에 따르며 숨을 죽여 기다렸고, "온다 온다" 하는
다급한 소리와 함께
마침내 창수누나가 나타났었지
모두들 침을 꼴딱 꼴딱 하면서 심장이 멎는 순간을
대기 하고 있었지

창수누나는 변소깐 판자때기에 두 발을 모으고 붉은
팬티를 까 내리고
시커먼 음부의 숲을 적나라하게 노출하였고 폭포수처럼
쏟아지는 힘찬
물줄기가 분사되기 시작했었지
대여섯 명 중 누군가의 가느다란 신음소리가 들려왔고,
그 순간 운명인지
숙명인지 돌개바람이 불어 동그랗게 땅바닥에 머리를
조아리던 악동들의
머리 위로 와지직 소리와 함께 함석판이 쓰러져 버렸지
모두들 혼비백산 하얗게 질려 있었고 하의가 실종된
창수누나의 그 표정은 지금도 잊을 수가 없었지
바람은 세차게 불었고 곧이어 비가 내렸었지
누가 뭐라 할 것 없이 모두들 날 다람쥐처럼 달아나
버렸고 화장질 옆에
땅바닥을 향해 말없이 피어있는 여섯 잎의 노오란
오이꽃이 나풀대며 웃고 있었지
며칠 후에 골목에서 만난 창수 누나는 아무렇지도 않은 듯
이 여전히 껌을 짝짝 씹어대며 씩씩하게 걸어 다녔고
우리에게 어떠한 해코지도 하지 않았지
세월 흘러 그 누나 생각을 하면 문득 문정희 시인의
시 구절이 하나 생각난다네

바람에 나뒹굴다가 서로 누군지도 모르는
나뭇잎이나 쇠똥구리 같은 것으로
똑같이 흩어진다는 것이라네
그게 바로 모든 것을 사랑해야 하는 이유였었지

어릴 적 소풍갈 때 단골로 갔던 곳 있었지
미제(米堤) 방죽이라고도 했던 이곳은
지금은 은파라고 불리어지지
물결이 반짝이는 아름다운 호수는
고산자 김정호도 다녀간 곳이지
그런데 이곳은 기막힌 전설 하나 있었지
옛날 이곳에 만석꾼이 살고 있었는데
배가 고픈 탁발승이 탁발을 하며
만석꾼 집에 갔는데
문전박대 매질을 하여 쫓아내버렸지
그것을 본 며느리가 몰래 보리 한바가지를
스님에게 시주하니
스님 왈 저 산위에 부처님 눈에 피눈물이 흐르면
뒤도 돌아보지 말고 산으로 피신하라 했지
그 후 며느리는 매일 아침 산 위 부처님께 기도하며
눈에 피눈물이 나는지 확인을 하였고
이를 이상히 여긴 남편이 물었지
"왜 아침마다 산위에 올라가느냐고?"
그러자 아내는 전에 왔던 스님이

산위 부처님 눈에 피눈물이 흐르면
큰 변이 일어난다하여 매일 보러 다닌다고 말했지
그 이야기를 들은 남편이 냉소적으로 비웃으며
친구들과 작당하여 닭 모가지를 탁 쳐서
부처 눈에 닭 피를 발랐지
이걸 모른 며느리는 여느 때와 같이
아침에 산 위 부처님을 보러가니 이게 웬일,
부처님 눈에서 피가 흐르고 있었던 거지
이에 며느리는 급히 산을 내려와
시댁식구에게 빨리 산으로 피하자고 하였으나
모두 웃고 조롱하였지
결국 며느리 혼자 산으로 피하였고
그날 저녁 비가 억수로 쏟아져
만석꾼 집이 물에 잠겨 모두가 몰살당했고
은파저수지(銀波貯水池)가 되었지

이러한 전설은 구전되어 지금에 이르렀고
물빛은 은빛이 되고,
흙빛은 황토의 고운 색을 갈아입었지
봄에는 흐드러진 벚꽃 터널
여름에는 호수를 가로지르는 물빛다리와 아카시아 향기
가을에는 만추의 정취를 흠뻑 적셔주는 뒹구는 낙엽
겨울에는 이십 여리가 넘는 고즈넉한 눈 덮인 산책로
이것들은 우리의 마음을 설국의 요정으로 만들어 버리지
은빛의 향연이 있는 그곳에서 어릴 적 쓴 詩가 있었지

학원 축제 시화전이 있었는데 고등부 장원을 했었지
17세 때였지

은파

은빛 서리는 모래사장엔
달빛이 고단한
그림자를 줍는다
여울져 번지고 온 노래가
노래 같은 사연이
풀잎엔가 젖어두고
하이얀 물결 위
은은한 광채
인생(人生)은
은밀(隱密)을 줍고 가꾼다

어릴 적 우리 째깐 형과 나의 비밀스런 이야기 있지
째깐 형은 딸짱이라고 불렀었지
딸짱은 딸기코 짱구의 준말인데
언제부턴가 그렇게 불렀지
형이 5학년 때 여름날이었지
산말랭이 꼭대기 묵정밭 옆에는
풀이 무릎까지 자라고 장맛비는 오고갔지

물에 젖은 한켠에
있는 듯 없는 듯 채송화가 피고 지고
물오른 봉숭아는 호박잎 옆에서 붉어졌었지
무당벌레들이 갉아 놓은 이름 모를 풀들은
허성허성 서 있었고
왕거미는 잔뜩 무엇인가를 노리고
변소깐 기둥을 사이로 집을 짓고 있었지
그 당시 재래식 변소는 똥감태기가 된
똥 고자리가 구물구물 기어오르고
변소깐 구석에는 DDT*가 허옇게 뿌려져있었지
어느 날,
나는 무심코 변소깐 문을 열었지
순간 놀라운 광경을 목격하고 말았지
깨쟁이 아줌마의 딸 상미와 우리 째깐 형이

* DDT: 농업용 살충제

그 비좁은 변소 안에서 의자를
대각선으로 엇놓고 자리에 앉아
아랫도리를 홀라당 벗은 채
서로의 생식기를 만지작거리고 있었지

상미라는 주근깨 다리다리 난
잔망스러운 못생긴 아이와
우리 형이 냄새나는 변소 안에서
황당하고 해괴한 짓을 하고 있었지
그것들 둘이는 다리를 모으고 홀라당 벗은 채로
대각선으로 서로를 만지며
히히덕거리다가 날벼락을 맞은 거였지

나도 놀라고 그들도 놀랐고,
그 순간 딸짱은
나를 얼른 들어오라 손을 까불렀고,
벌거벗은 둘 사이의 자리를 내주었지
그리고선 상미의 고추를 만져보라고 했지
공범을 만들려는 수작이었지
순식간에 벌어진 일이었어
나는 둘을 한참동안 쏘아보다가
허름한 변소깐 문을
있는 힘대로 내동댕이치듯 닫아 버렸지
그날 그 사건 이후,
나는 왕이 되고 형은 신하가 되었지

내가 리모컨을 누르는 대로 따라오는 딸짱은
로봇과도 같았고,
임금님을 수발하는 내시와도 같았지
총이 갖고 싶으면 총,
배가 갖고 싶으면 배,
비행기가 갖고 싶으면 비행기
입만 뻥끗하면 손재주 좋은 딸짱은
구슬땀을 흘리며 내 앞에 갖다 바쳤지
지금으로 보면
핵무기를 갖고 있는 나라와 없는 나라의 차이였지
조금만 수틀리고 언짢게 하면 입을 열었지
온가족이 모여 있을 때도
내가 하는 레퍼토리는 다음과 같았지
음~ 하고 뜸을 들이고……
"어매! 내가 변소에 갈 일이 있어서……
문을 열었어"
"근데 거기에서 딸짱이 긴 의자를 놓고…… 으흠……"
여기까지만 하면 딸짱은 사색이 되어
머리를 조아리며 애처롭게 나를 바라보았지
수 없이 우려먹고 또 우려먹었지
가족들은 저 아이들이 도대체 무슨 일로
형이 동생에게 끌려 다니는가 원인을 몰랐지
그러던 어느 날 큰 사고가 터졌지
고양이가 쥐를 몰 때도
탈출구를 열어놓고 쥐몰이를 해야 하는데

틈만 나면 변소깐 사건을 우려먹으니
막다른 골목에 몰린 딸짱은
나를 일격에 앙갚음 한 사건이 벌어졌지
태웅이형과 종호형과 딸짱 그리고 나는
마당에서 앵까*를 하다가 다툼이 있었고
딸짱은 앙갚음으로
내 사타구니를 걷어차고 훅구*를 날려버렸지
순식간에 당했고
오뉴월 하루볕이라고 당해낼 수가 없었지
나는 기절해버렸지
종호형은 허둥지둥
우리 어매 일하는 공장에 달려갔고
딸짱이 동생을 때려 죽어버렸다고 얘기했지
그 당시 우리 어매는
외갓집 회사인 동인제약소 공장에서
링겔병의 고무마개를 따거나,
구론산병을 재활용하기 위해
병솔로 닦아내는 일을 하고 있었지
우리 어매와 종호형은 헉헉대며
앞서거니 뒤서거니 마당까지 도착해서
대성통곡 울부짖었지
"아이고 워짜우려!

* 앵까: 구슬을 구멍에 집어넣어 되돌아오는 게임
* 훅구: 명치(가슴뼈 아래 한가운데의 오목하게 들어간 곳)

워쩔라고 저 썩을 놈의 새끼가
지 동생을 잘 데리고 놀지,
애기를 때려 죽였댜아"
하며 흐느껴 울었지
나는 차츰 정신이 들었으나
죽은 듯 움직이지 않았고
가느다랗게 실눈을 뜨며
더욱 더 내가 죽어가고 있다라고 연기를 했지
상황은 일파만파로 커져갔고
성모마리아 위에 늘어진 예수처럼,
피에타의 주인공 되어
힘을 쭉 빼고
죽은 듯 숨을 쉬지 않고
우리 어매 무릎에 축 늘어져
가느다랗게 눈을 뜨고 상황을 즐겼지
찬물을 끼얹고 울고불고 한 후에야
나는 가느다란 소성을 냈지
너무 오래 연기하는 것도
숨을 참는 것도
힘이 들었던 거지
내가 살아난 것에 모두들 좋아했고
그날 우리 째깐 형 딸짱은
죽도록 뚜드려 맞았지
딸짱이 맞을 때 너무 너무 고소했고
나의 연기력에 스스로가 놀라웠었지

그 이후로도
뇌관과도 같았던 변소간 사건은
끝까지 터뜨리지 않았고
지금은 세상에 없는
딸짱을 그리워하는 것은 무엇이던가?
상주가 되어도
중환자의 보호자가 되어도
때가 되면 밥은 먹어야 살듯이
딸짱에 대한 보고 싶은 그리움과 슬픔은
반찬 없는 밥덩이를
목구멍에 밀어 넣는
그리움뿐인 것이었지
홀로 물에 밥 말아 먹을 때
고독하고 슬픈 그리움이기도 했지
어릴 적 보슬비 내리는 어느 날이었지
장독의 항아리에 새겨진 손가락 자국의
겹겹의 무늬를 물끄러미 바라보고 있었지
그러던 중 내가 좋아하는 둘째형이 나타나
말이 없이 마당에 말뚝을 박기 시작했지
무엇인가 호기심에 뭐하냐고 물었지만
다정한 형은 그날만은 말이 없었지
중학생이던 형은 검은 교복을 말뚝에 걸었고
말뚝 꼭대기에는 모자를 얹혀두고,
휘발유를 말뚝에 걸린 옷가지에 뿌리기 시작했지
그리고 성냥을 가지고 왔지

그 당시 팔각으로 된 비사표 우량성냥,
그러니까 사자가 양 날개를 달고 포효하는 그림의
그러한 성냥통에서 성냥개비를 탁 그어 옷에 불을 붙였지
난 신나게 소리치며 좋아라했지
앗싸! 신난다! 야호!
어쩌고 하며 나대고 있는데 뭔가 이상한 기운을 느꼈지
불타는 교복을 보고 아픔의 불꽃을 보고
신나게 소리치는 나의 모습을 보고
둘째형의 눈은 물기를 머금고 있었지
모든 것이 타고난 뒤에도 몰랐었지
검은 재가 된 불타는 아픔을
형은 이미 알았고 험한 노정과 맞닿아 있는
세상이라는 거친 운명이 버티고 있었던 거지
다음날 아침 짐자전거 한 대 놓여 있었고
자전거 뒤꽁무니에는 누르스름한 양은벤또가
매달려 있었고
벌겋게 녹이 슨 병뚜껑의 유리병 속에는
김치가 들어가 자리 잡았지
그 길로 둘째형은 우리 집 가장(家長)의 길을 걸어갔지
해남이 엄마가 다니던 경성고무에 취직이 된 거였지
고무신 공장의 매캐한 매연을 뒤집어쓰고
하루 종일 일이 끝나고 저녁 식사에 맞닥뜨린 나를
하얀 이 드러내고 웃고 있던 형은
무척이나 일찍 철이 나버린 큰사람이었지

밥 먹다가 가래침을 탁 뱉어내면
시커먼 덩어리가 쏟아져 나왔는데,
철모르는 나는 겸상을 먹지 않고
독상을 달라고 우겨대어 형의 마음을 아프게 했지
그 당시 어려웠던 시절 집안을 위해
희생하고 총대를 메던 형제들이 많았지만 우리 형은
의연했지
그 당시 군산시내에서 우리 형처럼 잘생긴 사람을 본 적이
없었지
군산 체육관에서 운동할 때의 형은
역삼각형의 근육질 몸매에, 조각처럼 다듬어 놓은 모습이
누구라도 부잣집 아들처럼 품격 있고 멋스러웠지
지금도 가슴이 아프고 철렁했던 어느 날이었지
경성고무에서 유리공장으로 전업을 한 우리 형은
입으로 온갖 형상을 만들어 내는 기술자로 변모하고 있었지
신풍동너머 살던 그 즈음 눈 내리는 겨울
회사에서 회식을 하고 귀가하던 형에게 사고가 났었지
교도소자리를 끼고 쭉 진행되던
월명산 자락의 수로가 있었는데
군산이라는 도시는 함박눈이 포근하게 내리고
다음날은 금방 녹아버리고
또다시 눈이 펑펑 쏟아져 우리를 설레게 했지
눈 덮인 수로를 잘 못 알고 자전거와 함께 굴러 떨어져
얼굴부위가 크게 찢어져 피투성이가 되어 집으로 돌아왔지
어린 마음에 너무너무 가슴이 아팠고

제일 먼저 생각나는 게 잘생긴 얼굴에 흉터가 남아
잘못되지 않을까 걱정이었지
훗날 약을 취급하는 나로서는 흉 안지는 연고
벤트락스겔이나, 콘트라투벡스를 보면
그때 그 시절 둘째형 얼굴이 떠오르곤 하지
생명이 움트는 기다림의 계절에도
천지가 푸른 신록의 계절에도
눈부신 햇살과 단풍의 계절에도
철없이 펑펑 쏟아지는 은박의 추운 계절에도
자신의 몸을 일찍 불태워 사랑으로 가족을 구원한
나의 둘째형은 자랑스러운 기억의 큰 바위 얼굴이 되었지

어릴 적 유년시절 가장 오래된 기억 중
가슴 아픈 기억 있었지
장난감이 없던 그 시절
나는 늘 풀무를 가지고 놀았었지
옥구군 대야면 신기촌 외딴집은
평안의 침묵이었고
뒤안에는 돼지감자잎 무성했고
대나무 잎 사운대고 있었지
단수숫대 하늘 높이 뻗어 있었고,
낫으로 착 쳐서, 토막 내고 껍질 벗기어
입술을 비어가며 먹었던 달콤한 추억은
지금도 아련히 떠오르곤 하지
호남평야의 가없는 벌판의 바람은

어린 나에게 지금의 시적(詩的) 인식이
마지막 닻을 드리우는 곳이었지
김민기의 '아름다운 사람'은
그 시절 바로 내 모습이었지

♪어두운 비 내려오면
처마 밑에 한 아이 울고 서 있네
그 맑은 두 눈에 빗물 고이면
음~ 아름다운 그이는 사람이어라

세찬 바람 불어오면
벌판에 한 아이 달려 가네
그 더운 가슴에 바람 안으면
음~ 아름다운 그이는 사람이어라
새 하얀 눈 내려오면
산 위에 한 아이 우뚝 서 있네
그 고운 마음에 노래 울리면
음~ 아름다운 그이는 사람이어라
그이는 아름다운 사람이어라♪

유년의 기억 중 가장 선명하게
기억되는 어느 날이었지
누나와 셋째형 그리고 나는

막 태어나 가물가물 눈을 뜨려는
토끼새끼를 쥐로 오인해
부지깽이로 마구 찔러대
여러 마리를 죽여 버린 사건이 있었지
빨갛게 발가벗은 털도 나지 않은
토끼새끼들은 하얀 젖을
뽀글뽀글 토해내며 죽어갔었지
어미는 이리 뛰고 저리 뛰고
모성의 상처로 울부짖었고
살생의 무지는 어린 날의 죄의식으로 남아있지
토끼사건이 지나간 어느 날
째깐 형이 학교에서 돌아왔는데
이건 사람의 모습이 아니었지
빡빡 깎은 머리는 온통 박이 터져
피투성이가 되었고

눈물 콧물 범벅되어 아귀와도 같았지
당시 옥구군 대야면에 학교를 다니던 형은
늘 학교에서 주는 옥수수빵을 가져다주었지
먹거리가 없던 그 시절,
옥수수빵과 누런 양은벤또에
쪄먹는 우유가루는
풀무를 가지고 하루 종일
무료하게 놀던 나에게는
커다란 기다림과 즐거움이었지
그런데 그 형이 머리가
피투성이가 되어 돌아왔으니
뭔가 잘못된 일이 벌어진 거였지
째깐 형은 1월 12일 잔나비띠 출생으로
잘생긴 용모에다 손재주까지 뛰어나 못하는 일이 없었지
우리 어매 태몽은
비범한 운명의 예고를 한 것 같았지
옥구군 대야면에 용화산(龍火山)이 있는데
그 용화산에서 멧돼지 2마리가 힘차게 내려와
한 마리는 잘 사는 기와집으로 들어가고
한 마리는 외딴집인 우리 집으로 들어 왔지
기와집으로 들어간 아이와
우리 집으로 들어온 아이는
놀랍게도 같은 날 태어났고
같은 학교에 입학했지
기와집 아이는 평국이였는데

어른들의 잘못된 발음으로
평곡이 평곡이라고 불리어
나는 평곡이 인줄로만 알았지
아이들이 자라서 10리 가까운 거리를 걸어
책보를 메고 학교에 가는데
학교 길목에는 철길이 있었지
문제는 거기에서 시작되었지
아이들은 대못이나 자갈 그리고 더 큰 파독 등을
레일 위에 올려놓고 엎드려 있다가
기차가 지나가면 시시덕거리며
납작쿵이 되어버린 대못은 칼로 쓰고,
자갈이나 파독은 산산조각이 나는 그 쾌감에
너도 나도 신이 나서
그러한 위험한 짓을 하곤 했었지
어느 날 한 무리의 조무래기들이
학교 가는 길에 그 짓을 했었고
그 중 평곡이가 큰 돌을 올려놓았고
결국 기차가 탈선하는 큰 사건이 벌어졌었지
멋모르고 지나가던 우리 째깐 형
억울하게 주동자로 몰려
조회시간에 교장선생이 연단에 올려놓고는
목에 개목걸이 걸고
일본 놈들 잔재의 교육 훈화처럼
박달나무로 그 어린 것,
초등학교 2학년짜리 꼬맹이 머리를

아이들이 보는 앞에서
난타 질을 했었던 거지

넓은 널빤지의 개목걸이에는
"철로에다 돌을 놓은 아이"라고
빨간 글씨로 씌어 있었고
그런 충격적인 모습을 3학년 누나는
운동장에서 동생이 당하는 모습을 목격했었지
지금 같으면 있을 수도 없는 큰일 날 일이지만
그 당시 곤고했던 시절
농사짓고 먹고 사는 것이 빠듯한 울 아배, 울 어매는
누명 쓴 아이의 억울한 애먼 죄를 벗겨주지 못했지
그 충격적인 일로 형은 시름시름 앓았고
학교에도 흥미를 잃었지
결국 대야를 떠나 군산으로 이사를 왔으나
역시 학교와 선생에 대한 불신과 트라우마로
그 당시 상징적인 엄청난 돈 100만 원을 줘도
학교는 안 간다고 버팅기다가
초등학교도 졸업하지 못하고
동양물산이라는 가위와 숟가락,
포크 따위를 만드는 공장에 들어가 버렸지

송승헌 보다도 잘생겼던 째깐 형,
맥가이버 보다도 손재주 좋았던 째깐 형,
눈썰미가 있어 한번 보고는 뭐든 곧 잘 따라하던 째깐 형,

마이클 잭슨보다도 춤을 잘 추던 째깐 형,
오래된 축음기 앞에서 나팔바지 입고
탐 존스의 keep on running과 CCR의 proud mary를
종횡무진 그 멋진 춤사위 날리던 째깐 형이 그립네
짧은 생을 마감한 형이 보고 싶어지는 날
나는 버릇처럼 흐득흐득 지는 잎새를 바라본다네
바람이 일지 않아도 잎새는 지고,
지켜보는 이 없어도 쓸쓸한 바다는
밀물과 썰물로 영원을 교대하면서
수 없는 날들을 그리움으로
무자맥질 하곤 했었지

전라북도 김제군 공덕면 마현리 242번지
은행나무, 탱자나무
노랗게 익을 때였던가
신기촌 하리 귀퉁이
보리흉년 삭막한 곳
신억만 김금례 맏딸
돌려서 김제로 시집왔다
그것이 그녀의 운명이었으랴
4남1녀 진갱이, 진서기, 증자, 진어니
그리고 쫄마기 징궈니
맨몸으로 뒹굴어 키워냈다
가난한 그시랑 침이 흘러도 회충약 산토닌 없었다
어쩌다가

명절 때 한번 날것으로 생 돼지고기 도마에 썰어
엄지와 검지로 집어 삼켰다
원시 풀뿌리를 씹어 가난을 이겼다
그렇게 살다가 살다가
가난 국물 흥거니 찌끄리다가
복도 없이
산 무지랭이로 살다가 갔다
종적 없이 휑하니 살다가 가면
그게 끝이었으랴
징게 맹경
아직도 가을이면
갈대꽃 흐득흐득 울었다

어릴 적 우리 집은 산 말랭이 꼭대기에 살았었지
주인집 아저씨 평범했는데
아줌마는 참 곰살 맞고 재밌는 사람이었지
큰아들 홍일이형 있었고
그 밑에 여동생 둘 있었지
육자배기 잘 부르던 키 작은 아줌마는
얼굴에 다리다리 주근깨가 있었고
동네 애들은 겁대가리 없이
그냥 아줌마를 뗀 채 깨쟁이라 불렀지
호탕한 성격에 누구라도 좋아하는 그런 아줌마였지
깨쟁이 정창순 씨는 시집올 때
상미라는 여자 아이 데리고 재혼했는데

우리 아버지와 죽이 잘 맞아
막걸리에 취해 거나하게 소리도 좋아했지
북과 장구는 덩실 되었고
여름날 평상엔 흐드러진 꽃과 같이
향기로운 덕담과 육담 오갔지
우리 어매는 술판 자체를
일상의 놀이문화로 외면한 채 독서삼매경
월탄 박종화의 삼국지(三國志)에 빠져 있었지
말이 없던 주인집 아저씨 시기 질투로
술판을 엎었고 싸움 났는데
우리 아버지 그 아저씨 들이받았지
다음날 아침 '방 빼'라는 불호령에
우리 엄니 울고 있었고
우리 아버지 애꿎은 담뱃대 가져오라 나를 불렀지
그리고 깨쟁이 정창순의 화해로
다시 명산동 31번지에서 살 수 있었지
그 후로 몇 번 '방 빼'라고 할 때
어린 마음 콩닥콩닥 잠 못 이뤘지
우리 아버지 보잘것없는 한량이었고
잘나가는 외갓집 동인제약소
우리 엄니 등을 업고 취직했건만
입바른 소리 정의를 부르짖다 짤리고 말았지
상갓집 상두잽이나 손재주 좋은 미장일 불려 다녔는데
돈 벌고 품격 있는 일과는 거리가 먼 분이였지
돈이 생기면 그저 가난한 사람 던져주셨지

세월 흘러 나이 먹으니
정 많고 소리 잘하고
공옥진 같이 꼽추 춤 잘 추던
술주정뱅이 아버지가 그립네
나는 종종 우리 어매 같은
우아하고 품격 있는 여인이
어떻게 우리 아버지를 만났는지
조심스럽게 물었지
우리 아버지 정동기는
김제군 공덕면 마현리 출생이고
정태래 신익선 어르신의 2남2녀 중 차남이었지
우리 어머니 신영례는
옥구군 대야면 상리 중리 하리에서
하리 출생의 신억만 김금례 어르신의 2남5녀 중 장녀였다네
옥구군 대야면 지경장이 설 때면
여기 저기 혼담이 오고 갔고
그 당시 일본 놈들 징용이다, 처녀공출이다,
혼란한 틈을 타
우리 아버지 한 가지 기가 막힌 묘책을 내놓았다네
이효석의 메밀꽃 필 무렵처럼
콩포기와 옥수수 잎새가
한층 달에 푸르게 젖은 밤
막 피기 시작한 꽃이
소금을 뿌린 듯이 흐뭇한 달빛에
숨이 막힐 지경에

중매쟁이 김선달과 장인 될 신억만에게
리베이트 공작자금 쥐어주고
딸을 달라 요구 했다네
초저녁 밤공기 달큰한 밤에
김제군 공덕면 마현리 어떤 기와집을 통째로 빌려
우리 집이네 하고 내세웠는데
아늑하고 고풍스런 기와집에
누구라도 호감이 가는
능청스런 언행과 노래자락 구성졌고
미리 준비한 밀주 담아놓은 것
작신 먹고 널브러졌다네
혼담은 이미 성사되었고 되돌릴 수 없었다네
그런데 우리 아버지 도령복 입고
논어(論語) 맹자(孟子) 중용(中庸) 대학(大學)
시(詩) 서(書) 역(易) 예기(禮記) 춘추(春秋)까지
두루두루 책장에 꽂아 놓고
천자문(千字文)이나 기초적인 소학(小學)은
구상유치하다는 태도였다네
중얼중얼 책 읽는 시늉은
시천주조화정영세불망만사지(侍天主造化定永世不忘萬事知)
어쩌고저쩌고 하는 것은
어디서 들은 것을 되뇌었는데
훗날 외할아버지의 증언에 의하면
우리 아버지가 책을 거꾸로 들고 계셨다네 허허⋯⋯
우리 아버지는 결국 우리 어매와 결혼하는데 성공하였고

돌아가실 때까지도 무학으로
낫 놓고 ㄱ도 모르고 생을 마감하셨지
우리 어매 쫓아다니던
최만용이라는 동네에 멋진 총각 있었는데
닭 쫓던 개 지붕 쳐다보는 격이 되었고,
두고두고 우리 어매 돌려서 시집왔다고 최만용을
그리워했다네
그럴 때마다 우리 아버지 우리 어매 쳐다보며
두 손을 턱에 모으며, 복오리* 달으라는 듯
남인수의 애수의 소야곡 구성지게 불렀지

♪운다고 옛사랑이 오리요만은
눈물로 달래보는 구슬픈 이 밤
고요히 창을 열고 별빛을 보면
그 누가 불러주나 휘파람 소리
차라리 잊으리라 맹세하건만
못 잊을 미련인가 생각하는 밤
가슴에 손을 얹고 눈을 감으면
애타는 숨결마저 싸늘하구나
무엇이 사랑이고 청춘이던고
모도다 흘러가면 덧없건 만은
외로운 별을 안고 밤을 새우면
바람도 문풍지에 싸늘하고나♪

* 복오리: 살살 약이 오르게 귀찮게 하는 행동이나 말

어릴 적 나는 우리 어매에게 물었지
결혼식 첫날 밤 아버지 모습이 어땠냐고……
"아이고 썩을 놈아! 그런 것을 왜 물어봐!"
하면서도 싫지는 않은 듯 상세히 설명 했다네
우리 아버지의 형 그러니까 정동기 어른의 형님
정상기 큰아버지는
아버지가 장가가려고 모아놓은 결혼비용을
통째로 투전놀음판에 다 잃어버리고
동생 장가가는 날 코빼기도 보이지 않았다네
뜨거운 여름 가마도 타지 못하고
10리가 넘는 곳을 발이 부르트도록 걸어서 시집을 갔다네

두고두고 평생 원망이 되었고,
첫날 밤 신랑 얼굴이 죽은 송장메뚜기나
땅개비 같았다고 회상하셨지

기구한 여인의 출발이었고
결국 나는 4남1녀 중 막내로
우리 아버지 어머니 DNA를 받아 태어났다네
자식이 아버질 이해하려면
50은 되어야 한다는 소리 있었지
난 어른 되어 알았지
우리 아버지의 아버지가 7살 때 돌아가셨다는 것을……
돌아가실 때 유언이 있으시냐고 물었을 때
한세상 잘 놀다간다며
묏등에 막걸리나 흠뻑 뿌려 달라 하셨지
우리 아버지 말씀하시길
건방진 똥은 나오다가 꼬부라진다고
항상 겸손하게 살라 하셨지
외로웠던 우리 아버지
결손가정의 어린 시절 이제야 보았네
망막이 흐려지는 것은 그리움인가 서러움인가
서늘한 고향땅 흙내음이 그리워라
허름한 아버지가 그리워라
호남 민초들의 서러움으로 녹여낸
계면조의 흐느낌으로 판소리를 잘 불렀던
우리 아버지
아버지 아버지여
그래도 어릴 적이 그립네
아련한 추억은 눈시울을 붉게 한다네
가난했지만 가난을 몰랐고,

때론 슬펐지만 울지 않았던 어린 시절
우리 어매는 아직도 기억 속에 서 계시고
우리 아버지도 시간의 끝으로 떠나셨건만
너무 익숙해서 편안하기만 했던 고향이라 부르는 그 곳
어릴 적 어릴 적 어릴 적
그 시절로 돌아가고 싶어라
고즈넉한 저녁 동국사 범종소리가 그리워라
파리똥 따먹던 은적사 보리수나무가 그리워라
아카시아 꽃, 산딸기 무성한 월명산이 그리워라
장항제련소 바라보이는 눈 내리는 수시탑이 그리워라
호르르 호르르 날아다니던 참새 떼들이 그리워라